Sophie Kloerss
Himmlischer Dämon

Dieser Neuauflage liegt der Abdruck als Vorsetzungsroman in der „Mecklenburgischen Zeitung" der Jahrgänge 1916/17 zugrunde. Originaltitel: „Doch ein Sieger". Bearbeitet und übertragen in die neue deutsche Rechtschreibung.

© Lexikus Verlag 2023
Birkenstraße 9
23996 Bad Kleinen
Tel: 038423 629566
service@lexikus.de
www.lexikus.de

Foto: © Hubert Klotzek
ISBN: 978-3-910708-01-3
Preis: 17,50 €

Himmlischer Dämon

Originaltitel: Doch ein Sieger

von

Sophie Kloerss

Mit einer medizinhistorischen Einordnung

von

Philipp Osten

Lexikus Verlag

1.

„Zurückgehen! Verbandsplatz räumen!"

Sss Sss. – Die Kugeln sangen und pfiffen über den Köpfen. Die Träger griffen zu den Bahren, Ärzte und Lazarettgehilfen räumten in Hast Verbandszeug und Bestecke zusammen; zwischen das Stöhnen und Jammern der Verwundeten klang das erste Krachen aufschlagender Granaten.

„Platz! Platz!" Ein Adjutant jagte heran. „Wir müssen zurück auf Beauvilliers. Sind Sie das, Doktor Marung?"

Der große, stattliche Mann wandte sich um. „Werden wir weit zurück müssen, Herr Leutnant?"

„Wer kann's sagen! Das ganze französische Korps scheint von Nonneville gegen uns anzurücken."

„Wir brauchen noch Träger."

„Ich werde einen Unteroffizier mit zehn Mann her senden."

Das Pferd jagte weiter. Keine dreißig Schritte – da schlug eine Granate vor ihm in den Sand und krepierte.

Doktor Marung rannte hinüber. Unter dem sterbenden Tier, das im Todeskampf mit den Hufen um sich schlug, lag Leutnant Schmidt

„Geh 'n Sie zurück, Doktor, er trifft Sie mit den Eisen. So! So! Wenn Sie mich jetzt von hinten unter den Armen packen können – Donnerwetter! – Nee, lassen Sie los, ich komm nicht drunter raus?"

Der Arzt richtete sich auf, „Lorenz! Werter!" Zwei Gehilfen sprangen herbei und packten das tote Tier.

Ein Zerren, ein Stöhnen, – ein schweres Aufatmen des Verletzten; „Gott sei Dank!"

„Auf eine Bahre und hinter die Front. Ich folge sogleich, Herr Leutnant."

Ruhig, knapp klangen die Anordnungen. Doktor Marung trat wieder auf den Verbandsplatz, wo man eben die letzten Verwundeten aufhob.

„Lorenz, wenn Sie Doktor Eberhard irgendwo finden – er soll uns Scharpie herübersenden, wir sind bald damit zu Ende. Hebt die Bahren an; vorwärts."

Heller wurde das Sausen der Kugeln, immer näher kam das schnelle Knattern des Infanteriefeuers; der Arzt warf noch einen letzten Blick um sich und folgte den Trägern. Da empfand er einen dumpfen Stoß in der Seite, ein schneller, brennender Schmerz folgte. „Ein Streifschuss", dachte er, „es wird höchste Zeit."

Der Verbandsplatz lag seitlich der Chaussee, die nach Beauvilliers führte, ein wenig tiefer als diese, auf wiesigem Terrain. Um seinen Leuten zu folgen, musste Marung die Chaussee überschreiten. Die rechte Hand gegen die Rippen gepresst, wo er bereits fühlte, wie die Kleidung feucht wurde von rinnendem Blut, in der Linken einen Kasten mit Instrumenten und Verbandsstoffen, klomm er die Böschung zur Straße hinauf. Scharf zeichnete sich die hohe Gestalt auf dem Rand des Weges ab.

Klak, klak, klak! Sssss, Sssss! Über die Wiesen kam es heran gegen die Chaussee. Im Laufschritt ging die französische Infanterie vor. Über ihre Köpfe hinweg feuerten die Nachrückenden zur Straße hinauf, wo die Deutschen sich langsam, unter einem Hagel von Geschossen, zurückzogen.

Klak, klak, klak! Der Kasten stürzte die Böschung

hinab, der Arzt griff mit beiden Händen über sich in die Luft, taumelte ein paar Mal hin und her und stürzte rücklings wieder in den Chausseegraben. Für einige Augenblicke lag er regungslos, dann kehrte das Bewusstsein zurück. Er wollte aufstehen, – das rechte Bein versagte den Dienst, der linke Arm hing schwer wie Blei, ein stechender Schmerz saß in der Schulter.

Das ganze Feld um ihn war wie ein wogendes Meer vorüberjagender Gestalten.

Es ist ein Glück, dass ich hier im Graben liege, ich würde unter den Füßen zertreten werden, dachte er und schauerte zusammen. Was für ein schneidender Wind.

Eisig pfiff es über das Feld hin. Die blasse Dezembersonne hatte keine Kraft, kaum, dass ihre Strahlen hin und wieder durch den schweren Pulverqualm zu Boden gelangten.

Das Gewehrfeuer entfernte sich und wurde schwächer; nur das tiefe Grollen der nachrückenden Artillerie klang in regelmäßigen Absätzen an das Ohr des Verwundeten. Der lag und dachte in den eigenen Schmerzen an seine Kranken.

„Gott weiß, wie die sich helfen werden? Braun und Malzahn können es allein nicht schaffen, Braun war vorhin schon am Zusammenklappen. Gut, dass Lorenz mit dabei ist, der ist unbezahlbar, fast so gut wie ein Arzt. Und Schmidt, – ja – ich muss wahrhaftig sehen, dass ich hochkomme. Ich hab ihm doch gesagt, dass ich nachkäme. – Wer mich nur so festgebunden hat? – Braun, Kollege, hier! Nehmen Sie mir doch mal das tote Pferd vom Bein! Schwer? Natürlich ist es schwer. – Was sticht mich denn da in die rechte Hand? Wespen? Jetzt im Winter? – Was die Sonne mit einem Mal für Macht hat – ganz schwül ist es. Warum rennen die

Menschen alle so? Erst ging es doch nach der anderen Seite, oder ist mir so schwindlig?

Wer schreit da? Hurra? Lieb Vaterland, kannst ruhig ... – Warum schwankt das Schiff so?

Drüben – die Klippen von Möen – Klärchen, gut dass du kommst. Lass die Kränze, du bindest doch keinen..."

Mittag. Die Schlacht hatte sich gewendet. Die zweite bayerische Brigade griff in den Kampf ein. Schritt für Schritt wurden die Franzosen zurückgedrängt. Erst bei Dunkelwerden kam die Schlacht zum Stillstand. An allen Punkten war der Feind auf Loigny zurückgeworfen.

„Herr Doktor! Herr Doktor!"

Durch die bekannte Stimme für einen Augenblick aus seinen Phantasien geweckt, öffnete Marung die Augen. „Sind Sie das, Lorenz?"

„Jawohl, Herr Doktor. Gott sei Dank, dass sie noch am Leben sind. Wir sahen Sie fallen, aber wir konnten die Verwundeten nicht auf der offenen Chaussee stehen lassen."

„Ist schon gut, Lorenz"

„Müller O. und Siemers sind mit mir, wir wussten ja, wo Sie liegen mussten. Ho! Siemers! Hierher!"

Eine halbe Stunde später trug man den von sieben Kugeln Getroffenen in eine Scheune nahe Beauvilliers, wo die beiden anderen Ärzte des Regiments beim Verbinden waren. Oberstabsarzt von Malzahn schüttelte den Kopf. „Dass Sie noch am Leben sind, Kollege! Das reine Gotteswunder."

„Ich hab den Kugeln mitten in der Bahn gelegen, Es war, als wenn ich eine Scheibe wäre, nach der sie schossen." Seine Stimme wurde leiser, das Bewusstsein verdämmerte wieder.

„Wird er 's durchholen, Herr Oberstabsarzt?", fragte der Lazarettgehilfe. Sein Gesicht zeigte ehrlichen Kummer.

„Er hat ja eine Riesennatur. Tödlich an sich ist keine der Wunden, aber der Blutverlust und das lange Liegen ..." – schweigend hantierte er weiter.

„Eine Kugel ist mitten durch die rechte Hand gegangen. Ob wir die retten können, dass er sie wieder brauchen kann?"

„Das möcht man ja nicht ausdenken", murmelte Lorenz. „So wie der Doktor an seinem Beruf hängt."

Trübe brennende Laternen erleuchteten spärlich den unwirtlichen Raum, in dem man die vielen elenden Menschen mehr ahnte als sah. Bis zum letzten Eckchen war die Scheune gefüllt, und immer noch schleppten die Träger eine traurige Last nach der andern heran. Der schneidende Wind pfiff durch alle Ritzen, die Verwundeten zitterten vor Frost.

Lorenz hatte seinen Doktor in die hinterste Ecke des Raumes gebettet, wo die einströmende Nachtluft ihn am wenigsten traf; dann rief ihn die Pflicht fort.

Im Ort brannte es an verschiedenen Stellen, aber die Scheunen lagen aus der Windrichtung. Da sprang gegen Morgen der Wind um, Flugfeuer ging über die Dächer, es fing an zu glimmen, zu rauchen. Wasser war nicht in der Nähe.

„Die erste Scheune räumen! Die zweite Scheune räumen! Bringt die Verwundeten in den Ort." Soldaten rannten zur Hilfe herbei. Wer gesunde Hände hatte, fasste an. Die leichter Verwundeten krochen selber aus den brennenden Gebäuden.

„Herr Doktor!" Der treue Lorenz stürzte durch die

Scheune. „Wenn Sie mir die Arme um den Hals legen könnten, – ich helfe Ihnen dabei –, dann schlepp ich Sie schon raus. Herrgott, ist das ein Elend."

Marung war aus kurzem Fieberschlaf erwacht. Er roch den Brandgeruch, sah den feurigen Schein durch die Dachsparren glimmen. „Sind alle draußen?"

„Noch nicht alle."

„Dann erst die andern."

„Aber ich bitt Sie!"

„Kapitäne und Offiziere sind die Letzen. Marsch." Lorenz sah in den dunklen Augen des Arztes einen eisernen Blick. Den kannte er, da gab 's kein Widerwort.

Der helle Schein wurde stärker, Qualm drang durch die Ritzen, im Dachstuhl hörte man es knistern und knacken. Die Leute arbeiteten wie im Fieber, aber, die Minuten wurden ihnen zu Ewigkeiten, der große Raum schien nicht leer werden zu wollen.

Als letzter wurde Marung herausgetragen.

Da es unmöglich war, die Verwundeten im Ort unterzubringen, mussten Wagen requiriert werden, auf denen sie zu einem Gutshof gefahren wurden. Drei viertel Stunden Fahrt auf gefrorenen Wegen mit holpernden, stoßenden Wagen in eisiger Luft, während der heulende Wind das Mark in den Knochen schauern machte. Viele, die hätten gerettet werden können, bekamen hierbei den Todesstoß.

2.

Sechs Wochen später ging ein Transport Genesender in die Heimat ab; Marung war darunter. Seine eiserne Gesundheit hatte die schweren Wunden, den starken Blutverlust, die furchtbaren Strapazen überwunden, dennoch zweifelte er, ob er je wieder ein vollkommen gesunder und arbeitsfähiger Mann sein würde. Wenn auch die rechte Hand in der Heilung begriffen war, so war doch sehr zu fürchten, dass sie steif blieb, und was das für ihn, der in erster Linie Operateur war, bedeutete, daran wagte er nicht zu denken.

Zudem waren seine Nerven total herunter. Die Minuten in der brennenden Scheune, hilflos, unfähig, sich zu rühren, während glühende Schindeln bereits ganz in seiner Nähe niederstürzten, das herumliegende Stroh in Brand setzend und der erstickende Qualm sich dunkel und schwer über ihn hin wälzte, hatten seinen Nerven einen schwereren Stoß versetzt, als die Wunden und das lange Liegen auf dem Schlachtfeld. Als man ihn hinaustrug, war er noch bei Besinnung gewesen, aber danach hatte er drei Wochen lang in schweren Phantasien zwischen Leben und Tod gerungen.

Durch den Lazarettgehilfen war es bekannt geworden, wie er als Letzter den Verbandsplatz verlassen und sich ebenso geweigert hatte, vor den Übrigen aus dem Feuer getragen zu werden. Das sprach sich schnell herum und brachte ihm das Eiserne Kreuz.

Mit ihm zusammen empfing es Leutnant Schmidt, der in dem gleichen Zimmer lag. Auf seinen besonderen Wunsch war er mit Marung zusammengebettet worden, und als dieser zum ersten Mal bei klarem Bewusstsein war, erblickte er neben sich das lustige blonde Gesicht des Regimentskameraden. „Was für ein guter Zufall", meinte er angenehm überrascht.

„Zufall? Gibt 's nicht, Doktorchen; ich hab nachgeholfen. Ich fühlte mich so schuldig Ihnen gegenüber."

„Schuldig? Warum?"

„Wenn Sie sich aus dem Staube gemacht hätten, statt mich unter dem Gaul herauszuzerren, lägen Sie wahrscheinlich nicht hier."

„Aber ich bitte Sie, Herr Leutnant, darum dürfen Sie sich keine Gedanken machen. Es war einfach meine Pflicht, die ich erfüllte."

„Doktor, tun Sie mir einen Gefallen, seien Sie im Bett wenigstens nicht so schrecklich gemessen und förmlich. Im Nachtgewand und mit eingegipsten Beinen kommt mir der Gesellschaftsmensch abhanden. Nennen Sie mich kurzweg Schmidt, ich hab den *Herrn* ja auch schon beiseite gelassen."

Marung lächelte höflich. Seine Natur war entgegenkommend, und um eine gewisse Steifheit seines Wesens zu verbergen, hielt er sich streng an gesellschaftliche Formen. Der unverwüstlichen Laune seines Zimmergenossen vermochte er aber auf die Dauer nicht zu widerstehen, besonders, da sich bei ihrem wochenlangen Zusammensein mancherlei gleiche Beziehungen und Interessen ergaben.

Bernhard Schmidt war Leutnant der Reserve und in seinem Zivilstand Ingenieur auf der Schiffswerft von Blohm & Voß in Hamburg.

Marung aber hatte seit längeren Jahren ebenfalls in Hamburg gelebt, sich durch verschiedene glückliche

Operationen einen Namen gemacht und kurz vor dem Ausbruch des Krieges eine Anstellung als Oberarzt der chirurgischen Abteilung am großen Hamburger Krankenhaus erhalten. Bei seiner Jugend, er zählte erst zweiunddreißig Jahre, war das eine große Auszeichnung gewesen. Sie hatte ihm daher auch viele Feinde gemacht.

Mitte Januar fuhren beide nordwärts, obgleich die Ärzte Marung ungern reisen ließen. Er war noch immer nicht imstande, allein einen Schritt zu gehen oder die rechte Hand zu benutzen, außerdem zeigte sich zeitweilig eine Herzschwäche, die ihm das Atmen erschwerte und den Schlaf raubte. Ohne Morphium fand er selten Ruhe, und da seine Natur Medikamenten hartnäckig widerstand, mussten die Dosen ständig erhöht werden.

„Wir lassen Sie ungern fort", sagte ihm der behandelnde Kollege, „aber bei Ihrer Ungeduld heimzukommen, wollen wir Ihren Wünschen nicht länger entgegen sein. Unterwegs machen Sie zweimal Station und bleiben dann einige Wochen im Kölner Krankenhaus. Es ist bereits alles telegraphisch geordnet. Als besonderen Pfleger bekommen Sie Ihren getreuen Lorenz mit."

„Das geht nicht. Die guten Leute sind hier am notwendigsten …"

„Lorenz hat einen leichten Typhusanfall gehabt und ist fürs Erste größeren Strapazen nicht gewachsen. Ihnen wird er jedoch mit seiner Umsicht und Treue eine zuverlässige Stütze sein. Wollen Sie aber nicht doch noch lieber warten?"

„Ich möchte nach Deutschland zurück."

„Sie haben Verwandte, die sich nach Ihnen sehnen?"

„Ich habe niemanden."

„Und dennoch …"

„Sie finden es sehr unvernünftig, ich täte es bei einem andern auch. Aber ich habe nun einmal die fixe Idee, dass ich nicht eher Ruhe und Schlaf finden werde, bis ich in anderer Umgebung bin. Sooft ich hier einen Augenblick einschlafe, kommen im Traum die grässlichen Erinnerungen. Ich seh' die Flammen, spüre den Brandgeruch und höre das gellende Angstgeschrei der Verwundeten. Das lässt mich den Schlaf förmlich fürchten."

„Hoffen wir also, dass Sie Recht haben und die Heimat Ihren Nerven Erholung bringt. Heute Abend erhalten Sie noch einmal Morphium, für die Fahrt morgen. Lorenz ist instruiert."

So ging es heimwärts. Aber die Hoffnungen, die Marung an die Heimat geknüpft hatte, sollten sich nicht so schnell erfüllen. Bernhard Schmidt stampfte schon tapfer, einen Stock in der Hand, durch alle Räume des Krankenhauses, als er noch immer mit qualvollen Schmerzen und ruhelosen Nächten zu kämpfen hatte. Da es nicht in seiner Natur lag, zu klagen, ahnte seine Umgebung nicht, wie schwer er litt, besonders, da er häufig seine Morphium-Injektion als unnötig zurückwies.

Doch mit Schrecken hatte er von Lorenz erfahren, wie stark die Dosis sein musste, die ihm allein hin und wieder einige ruhige Stunden verschaffte, und zugleich empfand er an dem peinigenden Verlangen seiner Nerven nach dem erlösenden Gift, welche Macht es bereits über ihn gewonnen hatte. Ohne sich dem behandelnden Kollegen gegenüber auszusprechen, – er sprach überhaupt ungern von sich selber, begann er im Stillen den Kampf gegen die unheimliche Macht.

Stundenlang lag er nachts von Schmerzen gefoltert in qualvollem Verlangen nach Ruhe und Schlummer, und starrte mit heißen Augen ins Dunkel. Endlose Nächte, in denen draußen der Wintersturm heulte und Schauer körnigen Schnees gegen die Fenster peitschte. Durch die matten Scheiben in der Tür fiel ein schwacher Dämmerschein in das Gemach, von irgendwoher klang das Wimmern und Rufen eines Kranken, bisweilen gingen gleichmäßige, gedämpfte Schritte draußen im Gang, der wachhabende Wärter machte die Runde. Es war, als käme nie der Tag.

Mehr als einmal zuckte in solchen Stunden die gesunde Linke nach der Glocke. Nur ein Ton, dann wäre der Wärter da, und mit ihm das Mittel, das Schmerzlosigkeit schaffte und Schlaf. Aber die verzerrten Lippen pressten sich fester zusammen, der mächtige Körper straffte und streckte sich, die erhobene Hand sank zurück. Wieder war der Wille Herr geblieben über den lechzenden Leib. Die Glocke klang nicht.

Vierzehn Tage nach der Ankunft in Köln stand Leutnant Schmidt reisefertig neben Marungs Liegestuhl. Er war so weit hergestellt, dass er die Fahrt nach Hamburg antreten konnte. Die lange Zeit gemeinsamer Krankenhaft hatte die beiden verschiedenartigen Männer zu Freunden gemacht.

„Also Doktor, wenn du so weit bist, kommst du mir nach. Ich kündige dich gleich bei Vermährens an."

„Bitte tu das nicht. Ich kann mich in meiner Privatwohnung sehr gut von Lorenz pflegen lassen, wenn es noch nötig sein sollte."

„Ich denke, die hast du beim Ausmarsch aufgegeben?"

„Als wenn in Hamburg nicht jeden Tag etwas zu haben wäre. Außerdem steht mir das Krankenhaus immer offen.

„Na, von der Spitalatmosphäre hab ich mittlerweile genug gehabt, und du wirst auch nicht eher auf den Damm kommen, bis du in eine behagliche Häuslichkeit gerätst."

„Ich kenne die Herrschaften gar nicht."

„Tut nichts. Es ist eine großartige Gastfreundschaft dort im Hause; es kommt auch nicht auf die Füchse an. Ganze Inseln haben sie in der Südsee, mit Eingeborenen und Palmen und Kokosnüssen und allen Schikanen. Mein Freund Peter erbt mal ein kleines Fürstentum."

„Peter Vermähren?"

„Egon ist er getauft, aber kein Mensch nennt ihn so. Na, du kommst also in vier Wochen nach. Soll ich jemandem Grüße bringen?"

„Von meiner Cousine sagte ich schon ..."

„Fräulein Klara Levermann, Langereihe 24 oder 26, einerlei, ich hab es aufgeschrieben. Doktor, wie sieht sie aus?"

Marung musste lachen, „Es ist eine wirkliche Cousine. Schmidt, und sie hat daher keine Verpflichtung, sonderlich schön und elegant zu sein. Sie steht fest auf ihren Füßen und ist ein treuer Kamerad."

„Für ein Frauenzimmer alles möglich. Sie wird also bei meinem Bericht nicht in Tränen schwimmen? Das kann ich nicht gut aushalten."

„Sei unbesorgt, Klärchens Tränen sitzen nicht so lose." – „Also dann adieu und auf Wiedersehen."

Wieder acht Tage später machte Marung, auf seinen Pfleger gestützt, zum ersten Mal einen Spaziergang auf dem Korridor. Er schleppte noch mit dem Bein, trug den rechten Arm in der Binde und sah blass und leidend aus. Dennoch erwachte sein Lebensmut wieder, konnte er seinem Körper erst ausreichende Bewegung verschaffen, so würde der Schlaf wiederkommen, mit dem Schlaf aber Kraft und Gesundheit. Täglich massierte Lorenz die Finger der lahmen Rechten, täglich kehrte das Leben stärker in das verletzte Glied zurück. Als Marung nach beendeter Promenade am Fenster seines Zimmers saß, beobachtete Lorenz ihn heimlich mit dem Gedanken: Was ist unser Doktor doch für ein bildschöner Kerl! – Laut sagte er: „Heute sehen Herr Doktor ordentlich frisch aus."

Es klopfte an der Tür. „Eine Dame wünscht Herrn Doktor zu sprechen."

„Das ist wohl ein Irrtum."

„Nein, lieber Hans, das ist kein Irrtum. Dein Freund Schmidt schickt mich."

„Klärchen! – Was für eine Idee von Schmidt! Lorenz, nehmen Sie der Dame den Mantel ab. – Aber liebes Kind, jetzt im Winter die weite Reise."

„Wofür gibt es Eisenbahnen. – Danke schön, Lorenz; Sie sind der Wärter vom Herrn Doktor, nicht wahr? Leutnant Schmidt hat mir schon von Ihnen erzählt."

Lorenz strahlte, dienerte und zog sich zurück. War das ein frisches, resolutes Frauenzimmer; die würde seinen armen Herrn schon wieder auf die Beine bringen.

„Lass dich mal ansehen, Hans. Schmalbackig bist du geworden, und der große Bart steht dir nicht. Das

Warme, Gütige in deinem Gesicht, was so um den Mund herumsitzt, wird ganz dadurch verdeckt. Dein getreuer Knappe könnte dich wohl mal rasieren."

„Also Schmidt schickt dich?"

„Er weckte mein weibliches Mitgefühl, was ihm nicht schwer wurde, weil es sich um dich handelte. Ich hätte mich längst aufgemacht, dich zu suchen, aber kein Mensch wusste, wo du stecktest.

„Selbst schreiben konnte ich nicht. Meinem Vater hab ich aber Nachricht zugehen lassen."

„So? Ich dachte, ihr korrespondiert gar nicht mehr."

„Wenn man dem Tode in das Gesicht sieht, ist man leichter geneigt, zu vergeben. – Für alle Fälle hätte ich auch Schmidt gebeten, dir Nachricht zu senden,"

„Du meinst, wenn es schlecht ausgegangen wäre. Klüger wäre es gewesen, wenn du mich längst herzitiert hättest. Nun werde ich deine Pflege in meine Hand nehmen."

„Wie denkst du dir die Sache? Fremdenzimmer haben wir hier nicht im Krankenhaus."

„Darum mach dir keine Sorge. Eh ich zu dir kam, hab ich mich bei dem Direktor melden lassen. Er war sehr nett. Sie brauchen hier noch Pflegepersonal. Als ich ihm sagte, dass ich in Hamburg seit Ausbruch des Krieges im Krankenhaus geholfen hätte und ein Attest von Dr. Dehnicke vorlegte, hat er mich sofort angenommen. Ich hab mir es natürlich zur Bedingung gemacht, dass du meiner besonderen Aufsicht unterstellt würdest. Bist du zufrieden?"

„Vollkommen. Umsichtig und tatkräftig wie immer, Schade, Klärchen, dass du kein Mann geworden bist."

„Das lässt sich nun mal nicht ändern. Wir beide haben uns ja auch trotzdem immer ganz gut vertragen. –

Jetzt werd ich mir deinen Lorenz suchen und mich von ihm instruieren lassen."

Wirklich wurde Marungs Zustand besser, seit Klara, die ihm wie eine Schwester nahestand, sich seiner Pflege annahm. Seit sie ihm abends vorlas, – Werke, die seine Gedanken in Anspruch nahmen, ohne ihn aufzuregen –, ließen die qualvollen Angstträume nach, und der nächtliche Schlaf brachte ihm Erquickung. Mit ihrer klaren, resoluten Art war sie eine Wohltat für ihn. Wenn sie ihm Mut zusprach, es für ganz sicher hielt, dass er in nicht allzu ferner Zeit seinem Beruf wieder nachgehen könnte, begann er selbst daran zu glauben.

Lorenz aber kam nicht auf seine Kosten. Vergebens spähte er nach irgendeinem Zeichen, dass seinem Doktor mit der Cousine etwas fürs Herz gekommen sei. Nicht das kleinste Augenspiel, kein heimlicher Händedruck, kein zärtliches Wort war zu erwischen. Und wenn er in die Tür trat, besorgt, ob er auch ein vertrauliches Zusammensein störe, immer begrüßte ihn die gleiche Unbefangenheit. Vielleicht, wenn wir in Hamburg sind, dachte er, denn es war doch undenkbar, dass das fremde Fräulein die weite Reise für einen Vetter gemacht haben sollte, der ihrem Herzen nicht in anderer als verwandtschaftlicher Weise nahestand. Aber die Abreise kam endlich, und Doktor Marung reiste allein mit seinem treuen Pfleger. Klara Levermann blieb in Köln, wo man ihre Kraft als Pflegerin schätzte.

„Zum Mai sehen wir uns spätestens in Hamburg, Hans. Ich hoffe, du stehst dann schon wieder am Operationstisch."

„Hab dank, dass du gekommen bist, Klärchen; das vergesse ich dir nicht."

„Schon gut, schon gut, mach nur keine Worte. Ein andermal hilfst du mir aus der Patsche. Adieu, Lorenz, passen Sie gut auf den Herrn Doktor auf. Er ist etwas eigenwillig, aber wenn er nicht gehorchen will, berufen Sie sich nur auf mich. Grüß deinen Freund Schmidt, Hans; das ist ein netter Mensch."

Das Letzte, was Marung sah, als der Zug den Kölner Bahnhof verließ, war die große blonde Mädchengestalt im einfachen Kleid der Pflegerinnen, frisch und kräftig, trotz monatelanger Arbeit in Krankensälen, aber ein wenig eckig und steif, und ohne jenen fraulichen Liebreiz, der das Herz eines Mannes schneller und stärker gefangen nimmt, als alle geistige Tüchtigkeit.

3.

Es war einer von den neun Frühlingstagen, zu denen der März programmmäßig verpflichtet ist. Das Grün der Bäume und Sträucher steckte noch fest in seinen Hüllen, aber die braunen Knospen schimmerten schon lustig im Sonnenlicht, und in der Luft war Veilchenduft und Erdgeruch. Die rußgeschwärzten Häuser und Schuppen am alten Pariser Bahnhof suchten vergebens ihre Hässlichkeit zu verstecken, und weil ihnen dies nicht gelang, blinkten sie wenigstens mit den Dächern und glitzerten mit den Fenstern. Am Hafen und an den Fleeten roch es kräftig nach Teer, frisch gestrichene Jollen und Ewer lagen beschaulich im Sande und ließen sich trocknen vom lieben Himmelslicht. Selbst der Rauch aus den Fabrikschornsteinen vergaß seine Dunkelheit; er schmückte sich mit goldenen Rändern und zerfloss aufsteigend in Glanz und Duft. In den Linden am Glockengießerwall schwatzten die Stare, in den Anlagen saßen die Kindermädchen mit ihren Pflegebefohlenen, elegante Equipagen fuhren den Wall hinauf über die Lombardsbrücke zur Außenalster, deren blau schimmerndes Atlaskleid mit flirrender Goldstickerei überstreut war.

Die gesetzten Hamburger Börsenherren rannten heute nicht mit undurchdringlich wichtigen Geschäftsgesichtern über den Rathausplatz, sondern gönnten ihrer Umgebung einen zufriedenen, und hübschen Frauen sogar einen bewundernden Blick. Ja, Senator Thode von Siemers, Thode & Co., der immer in seinen hohen Vatermördern steckte wie eine Mumie in ihrer Gipsbinde und so gravitätisch einherging wie ein Marabu im zoologischen Garten, fasste sein spanisches Rohr ganz leichtfertig um die Mitte, als wollte er es schwingen, hob das Kinn drei Achtel Zoll aus den Vatermördern und sagte zu der alten Vierländerin vor dem Wartepavillon der Wandsbeker Pferdebahn: „Stina, einen Veilchenstrauß"; worauf die Alte die Hände zusammenschlug und ausrief: „Herregott, Herr Senator, hebbens mi noch nich vergeten? Vor dörtig Jahren hebbens tauletzt Blaumen köfft."

„Dreißig Jahre", murmelte der Senator, „dreißig Jahre. Stina, wat büsst du old worrn." Dann nahm er seinen Strauß, legte einen ganzen Banktaler in den Korb und ging weiter, ohne auf das Wechselgeld zu warten.

Dreißig Jahre! Damals war er ein junger, frischer Kerl ohne Vatermörder und spanisches Rohr, ohne eine Frau aus dem reichen Siemers'schen Hause, von den Siemers und Lübbeckes, die die großen Kohlendampfer nach England schicken, ohne seine Millionen und die Würde eines Hamburger Senators, und die kleine Stina, ja, damals war sie noch die kleine vergnügte Stina! Mein Gott, wie konnte sie lachen!

Die Herren, die an ihm vorbeigingen, stießen sich an und sahen sich um, – der Herr Senator lächelte. Ganz heimlich und seelenfroh lächelte er in sich hinein.

Das bisschen Veilchenduft, das bisschen Sonnenlicht hatten dreißig Jahre ausgelöscht, als seien sie nie verflossen.

Draußen an der Außenalster lag Konsul Vermährens Besitz. Das Haus, ein großer, grauer Würfel, zeichnete sich vor seinen Nachbarn rechts und links in keiner Weise aus. Die Veranden und Balkons zeigten künstlerisch schöne Gitter in Eisenarbeit, und an der linken Seite des Hauses schloss sich ein riesiger Wintergarten an. Das war der einzige, ins Auge fallende Luxus des Grundstücks. Aber trotz der Einfachheit des Besitzes lag immer etwas Festliches und Vornehmes über ihm. An allen Fenstern standen ausgesucht schöne Blumen und Blattpflanzen, der Kies in den Stiegen war stets frisch geharkt, kein welkes Blättchen lag auf dem samtweichen Rasen, und jetzt, im beginnenden Frühling, füllten Tulpen und Hyazinthen in südlich üppiger Fülle alle Beete. Es war bekannt, dass Konsul Vermähren für seine Treibhäuser Unsummen ausgab, und Fremde kamen von weither, um die einzig dastehende Pracht seiner Orchideen zu bewundern. Es hatte eine Zeit gegeben, wo man in ganz Hamburg von ihm nur als von dem „schönen Vermähren" sprach. Auch jetzt noch war er, obgleich grauhaarig, ein auffallend gutaussehender Mann, dessen Gesicht durch den Ausdruck herzlicher Güte sofort Vertrauen einflößte.

An diesem Nachmittag stand er in der Veranda und wartete auf die Equipage, mit der Leutnant Schmidt zur Bahn gefahren war, um Doktor Marung abzuholen.

Marung befand sich in einer peinlichen Lage. Er hatte den Freund schriftlich gebeten, ihm eine Wohnung zu besorgen, und als Antwort eine kurze Karte erhalten, dass alles zu seiner Zufriedenheit erledigt worden sei. Am Bahnhof überraschte Schmidt ihn dann mit der Nachricht, dass im Vermähren'schen Hause Zimmer für ihn und den Wärter bereit seien. Aber der Gedanke, von völlig fremden Menschen eine derartige Liebenswürdigkeit anzunehmen und ihnen dafür verpflichtet zu sein, verstimmte Marung im höchsten Grade. Am liebsten hätte er kurzer Hand abgelehnt und wäre in ein Hotel gegangen. Doch der Wagen wartete, im Trubel des Bahnhofs war kein ruhiges Plätzchen zu einer Aussprache, Schmidt drängte, und ehe der Doktor es sich versah, saß er in den weichen Polstern, und die feurigen Pferde flogen durch die Straßen.

Als der Konsul ihm dann an der Treppe entgegentrat und mit warmem Ton sagte: „Es ist mir eine große Freude, Sie in unserem Hause willkommen zu heißen", fühlte er, dass dieser Mann nicht nur aus Höflichkeit so sprach, und seine Verstimmung begann zu schwinden.

Vermähren selbst führte ihn die Treppe empor zu seinem Zimmer.

„Wir hätten Ihnen gern ein Zimmer im Parterre eingerichtet", sagte er, „um Ihnen die Treppe zu sparen, aber oben ist es ruhiger und sonniger. Auch können Sie gleich von Ihrem Zimmer aus auf die Galerie des Wintergartens gelangen. Der Wärter schläft neben Ihnen."

Nun war er schon drei Tage im Hause und musste sich sagen, dass er nirgends besser aufgehoben sein konnte. Die Erschöpfung, die als Folge der Reise eingetreten war, begann zu schwinden; der Schlaf war leidlich, die Nervenschmerzen hatten sich nur am ersten Tage so gesteigert, dass er zum Morphium greifen musste.

Die Treppe war er noch nicht hinabgestiegen, und von der Familie hatte er bisher nur den Konsul gesprochen, der mehrere Male am Tage bei ihm einschaute. Auch Bernhard Schmidt war zweimal dagewesen. Sonst war Marung auf sich selbst angewiesen, und es war ihm lieb. Nur so konnte er sich in Ruhe erholen.

Lorenz war dagegen schon am zweiten Tage im ganzen Hause bekannt und vermittelte den Verkehr zwischen seinem Herrn und der Außenwelt.

„Haben Sie schon gehört, Herr Doktor, der Sohn vom Herrn Konsul kommt nu auch in 'n paar Wochen nach Hause. Die Frau Konsul soll sich all mächtig freuen. Ansehen tut man ihr 's aber nicht, sie sieht immer aus, als wenn sie Zahnweh hat. Aber Gesa, die Köchin, sagt, das liegt mal so in ihrem Gesicht."

Und ein anderes Mal berichtete er: „Was das Fräulein Irene ist, ich hab erst gedacht, sie wäre die Tochter hier, aber sie ist von Herr Konsul seinem Bruder und hat keine Eltern mehr. Und Gesa sagt, der junge Herr soll wohl ihr Bräutigam sein."

Am andern Morgen sah Marung von seinem Liegestuhl auf der Galerie des Wintergartens aus ein junges Mädchen unten im Raum, das zwischen blühenden

Azaleen und Kamelienbäumchen stand und die welken Blüten entfernte. Blond war sie, schlank und sehr graziös in allen Bewegungen. Von ihren Zügen konnte er nichts sehen, da sie ihm den Rücken wandte. Sie sprach mit einem Gärtnerburschen, der die Palmen sprengte, und der weiche, volle Klang ihres Organs drang zu ihm empor.

Als sie sich endlich umwandte, flog ihr Blick zufällig zur Galerie hinauf und traf den seinen, Marung verneigte sich, so gut es ihm möglich war, sie erwiderte den Gruß freundlich, verließ dann aber den Raum.

Eine Stunde später schellte der Doktor. „Lorenz, machen Sie mich hübsch. Es wird Zeit, dass ich den Damen meinen Besuch mache."

„Wenn Herr Doktor man die Treppe nicht anstrengt."

„Mein Bein muss sich gewöhnen und meine Nerven auch. Ich werde sonst menschenscheu."

Als Schmidt an diesem Nachmittag zur Villa hinauskam, fand er den Freund zu seiner Überraschung im Zimmer des Hausherrn, wo man nach dem Mittagessen den Kaffee nahm.

Marung saß in einem bequemen Lehnstuhl, die Füße auf einem Wiegeschemel, zur linken Hand ein Tischchen, auf dem Kaffeetasse und Aschbecher standen. Er sah frisch und heiter aus, legte die Zigarre aus der Hand und streckte die Linke dem Freund entgegen.

„Was sagst du nun? Ich bin schon beinah wieder ein normaler Mensch. Übermorgen geht es in den Garten."

„Werden Sie nur nicht zu schnell gesund?", scherzte Vermähren, „wir möchten Sie noch recht lange behalten."

„Ich hoffe, der Herr Doktor wird auch später an unserem Hause nicht vorübergehen", setzte seine Frau höflich hinzu. Sie war eine gutherzige, steife Dame, immer in tausend Sorgen um tausend Kleinigkeiten, immer sehr glatt frisiert und in ihrem Anzug, trotz der kostbaren Stoffe, die sie trug, immer den Eindruck einer kleinen Bürgersfrau machend. Schmidt behauptete von ihr, sie sei wie ein solider Eisenbahnzug, der immer genau im Gleise bleiben müsste. Beim ersten Schritt heraus, würfe es ihn um. Er neckte sie, wo er nur konnte, und sie fiel immer auf seine Neckereien, die sie nicht verstand, herein. Von Kindheit an mit dem Sohn des Hauses befreundet, nannte er sie Tante und behauptete, es bestehe eine Verwandtschaft, die er aber nicht behalten könne.

„Tante Anna, wie war die knifflige Sache doch noch?"

„Aber lieber Bernhard, ich hab es dir doch neulich erst erklärt. Meine Mutter war eine Diepholz, und ihr Vater hatte in zweiter Ehe eine Brenner zur Frau, von Harder und Brenner, weißt du. Die Kompagnons waren Vettern, und deine Mutter war eine Harder. Das ist doch ganz einfach."

„Hast du es begriffen, Doktor? Ich nicht. Na, Irene, was schadet es, wenn wir nur Vetter und Cousine sind."

„Lieber Bernhard, Irene stammt doch von der Vermährenschen Seite. Da kannst du wohl nicht mehr von Vetter und Cousine reden."

„Wenn sie mich statt zum Vetter zum Cousin haben wollte, wäre es mir noch lieber."

„Bernhard, du benimmst dich...", schalt das junge Mädchen. „Wir haben dich als Kriegsinvaliden zu gut behandelt. Übrigens denk dir, wie Tante Anna gestern in die Küche kam, hatte die liebe Gesa sogar drei Cousins da. Tante war ganz krank vor Entsetzen."

Die Herren lachten, Frau Konsul tadelte. „Du solltest dergleichen doch nicht noch erzählen, liebe Irene. Es ist schon schlimm genug, dass diese Art Leute so gar keinen Sinn für Moral hat."

„Wenn ich Frau Konsul Vermähren wäre", neckte Schmidt, „dann ginge ich überhaupt nicht in die Küche, sondern hielte mir einen Küchenchef und erteilte dem meine Befehle."

„Aber Bernhard, ich bitte dich! Das ist doch nicht einmal bei Jenisch und Godefroys Sitte." Als alle über ihr Entsetzen lachten, wollte sie pikiert werden, aber dann siegte die angeborene Gutmütigkeit. „Man weiß bei dir nie, was Scherz und was Ernst ist. Paul …", sie wandte sich an ihren Mann, „du wolltest Herrn Doktor deine Orchideen zeigen."

„Wenn es Ihnen nicht zu anstrengend ist."

Doch Marung erhob sich sofort, ergriff den Stock, der neben seinem Stuhl stand, und erklärte sich bereit zu großen Taten.

Man ging in das Nebenzimmer, von wo eine kleine Treppe in den Wintergarten hinabführte, durch den man wiederum zu den Gewächshäusern gelangte. Die Treppe hatte kein Geländer, und Marung streckte seinen Stock vorsichtig tastend hinab, als Irene plötzlich neben ihm stand.

„Bitte, nehmen Sie meinen Arm. Stützen Sie sich nur fest: ich habe Onkel im vorigen Jahr nach dem Typhus auch oft geführt." Mit heiterer Unbefangenheit half sie ihm die Stufen hinab, und auch als er seinen Arm aus dem ihren gelöst hatte, blieb sie plaudernd neben ihm.

„Ich kann Ihnen unsere grünen Schätze hier im Wintergarten am besten erklären, denn ich bin Onkels zweiter Gärtner. Sehen Sie, diese wundervollen Palmen hier links hat mein Vetter vor vier Jahren alle selbst von der Südsee mitgebracht. Sie können sich denken, was das für ein mühevoller Transport gewesen ist. Fast zwei Drittel der Pflanzen sind denn auch eingegangen. Peter ist ein leidenschaftlicher Pflanzenfreund. Wäre er nicht als Sohn seines Vaters auf die Welt gekommen, so wäre er sicher Gärtner geworden. Diese Farne stammen aus Süd-Amerika, und dieses feine, blühende Rankenwerk aus Westindien. Sehen Sie nur, solch eine Üppigkeit! Und das ist eine einzige Pflanze."

Sie hob die langen, dichten, mit weißen Sternchen übersäten Ranken hoch empor, um ihm zu zeigen, wie die ganze Masse aus einem Wurzelstock zwischen Grottengestein hervorgewachsen war. „Ist das nicht schön?"

„Ja, sehr schön", entgegnete er bewundernd, aber dabei sahen seine Augen nicht auf die Pflanze, sondern hingen an der jungen, geschmeidigen Gestalt, die sich hoch auf den Zehenspitzen emporgereckt hatte. Die dunklen grauen Augen leuchteten hinter den langen Wimpern, in das schimmernde Haar legten sich die zierlichen Blumensterne, und von der Anstrengung des Hebens stieg eine warme Röte in das feine Gesicht. Er wusste selbst nicht, wie ihm plötzlich die Worte kamen: „Sie können Kränze winden?"

Ein wenig erstaunt ließ sie das Laubwerk fallen, „Wie kommen Sie darauf?"

„O, es kam mir so! Vielleicht, weil Sie so gut mit Blumen umzugehen wissen. Da denkt man es sich. Ist es nicht so?"

„Ich weiß nicht, ich hab es nie versucht. Aber Onkel Paul wartet schon drüben an der Tür; da geht es in die Orchideenhäuser. Nun muss ich Sie ihm überlassen, seine Lieblinge zeigt er gern selbst."

4.

Seit diesem Tag wurde Marung schnell warm in dem gastfreundlichen Haus und nahm bald auch dann an den Mahlzeiten teil, wenn Freunde des Hauses anwesend waren. Irene wusste in solchem Falle stets dafür zu sorgen, dass sie seine Nachbarin war und half ihm durch kleine Dienste und Handreichungen so geschickt über alle Unbequemlichkeit hinweg, die seine verwundete Rechte ihm noch bereitete, dass Fremde kaum etwas davon wahrnahmen. – Auch in den Vormittagsstunden, die er meist in dem Wintergarten verbrachte, leistete sie ihm oft Gesellschaft, immer gleich frisch, heiter und natürlich, so dass ihm bald etwas fehlte, wenn sie einmal keine Zeit für ihn hatte. Als er einmal ihr feines Verständnis für seine kleinen Schwächen und Unbehilflichkeiten rühmte, meinte sie: „Etwas muss ich doch auch tun für einen Vaterlandsverteidiger. Ihre Cousine versteht sich besser auf Krankenpflege."

„Sie ist sehr energisch, und das ist ja gut in solchen Fällen. Etwas mehr Weichheit könnte ihr im Übrigen nicht schaden."

„Hier im Krankenhaus ist ihre tätige Energie jedenfalls sehr geschätzt worden. Eigentlich war es so, dass wir hilfsbereiten Damen von den Ärzten nur als Plage empfunden wurden, aber Fräulein Levermann erkannten sie an."

Frau Konsul, die dabei saß, konnte einen sanften Tadel nicht unterdrücken. „Wenn man dich reden hört, meine liebe Irene, muss man eigentümliche Vorstellungen bekommen. Die großartige Hilfstätigkeit der Hamburger Damen eine Plage zu nennen."

„Ich will ja gar nicht bestreiten, dass unendlich viel Gutes geleistet ist. Aber das Herumsitzen im Krankenhaus war den Ärzten ein Gräuel. Was konnten wir denn, und was leisteten wir denn? Gar nichts. Aber es klang so furchtbar interessant, wenn man erzählen konnte: Ich lese täglich den Verwundeten vor; oder ich schreibe jetzt für französische Offiziere Briefe nach Hause."

„Du hast diese Art Tätigkeit jedenfalls sehr schnell satt bekommen."

„Wenn ich mein Leben mit Nichtigkeiten füllen muss, sollen wenigstens so ernste Dinge nicht zum Vorwand dienen."

Frau Konsul zuckte die Achseln und ging. Irene war wirklich etwas schwierig zu behandeln; sie sagte oft Dinge, auf die ein anderes junges Mädchen gar nicht kam.

Marung war ebenfalls durch ihre Worte überrascht worden. „Ich hielt Sie bisher für ein sehr glückliches zufriedenes Menschenkind, Fräulein Vermähren. Wenn Sie sich aber nicht befriedigt fühlen, wer zwingt Sie denn, Ihr Leben mit Nichtigkeiten zu füllen?"

„Und was soll ich sonst tun? – Nein, ich bin wirklich eine heitere Natur, nur kann ich mich nicht zu der Einsicht zwingen, dass mein Leben ein sonderlich segensreiches für meine Mitmenschen ist. Wenn ich

Pflichten hätte, würde meine Fröhlichkeit Ihnen wohl nicht schaden! Ich glaube sogar, sie wäre Ihnen ganz förderlich. – Und ich bin auch glücklich! natürlich, warum sollte ich es nicht sein? Weil ich keine Eltern mehr habe? Onkel und Tante behandeln mich wie ihr eigenes Kind. Meinen Vater habe ich kaum gekannt, meine Mutter freilich vermisse ich noch oft, obgleich ich kaum zehn Jahre war, als sie starb. Tante Anna ist ja furchtbar gut, aber so schrecklich eng in ihren Ansichten und so kleinlich in allen Sorgen. Jeder zu viel verausgabte Pfennig bedrückt ihr Gewissen, mir scheint es viel größeres Unrecht, dass ich meine Zeit und meine Kräfte so nutzlos vergeude."

„Und Ihre Mutter?"

„Die war anders, ganz anders. Sie war aber auch keine Hamburger Kaufmannstochter. Ich habe noch Briefe, die sie an meinen Vater geschrieben hat, prachtvolle Briefe; ich könnte mir gar nicht vorstellen, dass ein Mensch aus unserem Bekanntenkreise sie geschrieben hätte. – Sie war ein ganz armes Mädchen und musste sich ihr Brot selbst verdienen als Erzieherin. Aber Vaters Reichtum scheint ihr nicht sehr imponiert zu haben, und von ihrem Beruf spricht sie mit Begeisterung. Wenn Tante von ihr erzählt, sagt sie: „Deine arme Mutter! Wie hat sie sich durchschlagen müssen, ehe sie deinen Vater heiratete." Ich denke mir aber, es muss herrlich für sie gewesen sein, sich so mit dem eigenen Können einen Weg zu bahnen."

„Wer hindert Sie daran, das Gleiche zu tun?"

„Alle und alles. Darauf wird man gar nicht erzogen. Und wie würden alle Bekannte entsetzt sein, wenn ein junges Mädchen aus unseren Kreisen sagte: Ich will auf eigenen Füßen stehen. So etwas tut man nicht.

31

Wenigstens hier in Hamburg nicht; wie es anderswo ist, kann ich nicht sagen."

„Bei uns in Schweden sind allerdings, soweit ich es beurteilen kann, den jungen Mädchen die Grenzen weiter gesteckt."

„Bei Ihnen in Schweden? Sind Sie denn kein Deutscher?"

„Dem Blute nach, ja. Aber geboren bin ich in Stockholm, und meine Kinderzeit habe ich dort verlebt. Erst zwei Jahre vor meinem Studium kam ich auf eine deutsche Schule."

„Sind Sie seitdem nicht wieder in Schweden gewesen?"

„Gewiss, mein Vater lebt noch dort. Auch habe ich als junger Assistent ein Jahr an einer Stockholmer Klinik gearbeitet. Dann aber zog ich es vor, wieder nach Deutschland zu gehen."

Er gab seine Antwort höflich, aber in einem etwas reservierten Ton, und Irene hatte das Gefühl, dass er nicht von seinen persönlichen Verhältnissen zu sprechen wünsche. Sie ließ das Thema fallen.

„Ich habe immer eine große Sehnsucht gehabt, den Norden kennenzulernen. Meine Mutter war Kopenhagenerin."

„Ah! Also darum!"

„Darum?"

„Es ist mir gleich an Ihnen aufgefallen, das Helle, Frische, ich möchte sagen Leuchtende, was unsere schwedischen und dänischen Damen haben. Man begegnet hier selten Blondinen mit so lichten Farben, die doch so gesund dabei aussehen."

„Ich bin auch ein kerngesunder Mensch! Denken Sie, ich habe im Leben noch nie Kopfschmerzen gehabt." – „Eine große Mitgift vom Leben."

„So ziemlich die einzige, die es mir verliehen hat, denn ich besitze gar keine sogenannte Gaben. Aus der Gesangstunde wurde ich wegen unheilbarer Gehörlosigkeit entlassen. Darauf ließ Tante mir für schweres Geld Mal- und Zeichenunterricht geben, aber als sie endlich selbst zugestehen musste, meine mühsam fabrizierten Blätter hätten eine verzweifelte Ähnlichkeit mit verzeichneten Fröschen, hatte auch diese Quälerei ein Ende."

Marung lachte. „Glücklich der Mann, der Sie einmal bekommt."

„Ach, meinen Sie?" Es klang sehr zweifelnd.

„Sie besitzen die schönste Gabe der Frau, Sonnenschein in das Leben zu tragen."

Irene wurde rot, und als sie den warmen Blick in Marungs Augen sah, färbten sich ihre Wangen noch kräftiger. Sie wollte irgendetwas Unbefangenes sagen, aber es fiel ihr nichts ein, und so entstand eine lange Stille um die beiden, in der man nur das Plätschern des Springbrunnens hörte, der zwischen dem Grün der Palmen seinen schimmernden Strahl in die Höhe sandte.

Draußen auf dem Kies knirschten Räder. „Es kommt Besuch", stieß Irene hervor und stand auf. Aber als sie gehen wollte, streckte Marung leise seine Hand nach ihr aus, ergriff die ihre und zog sie, unverwandt seine Blicke mit leuchtender Innigkeit auf ihr erglühendes Antlitz geheftet, an seine Lippen.

Dann flog sie hinaus.

In ihrem Zimmer stand sie mit klopfendem Herzen, ein zitterndes Lächeln in den Zügen. Bisher hatte eine Huldigung sie nie erregt, und ihr, dem schönen, frohherzigen Mädchen der großen Partie, war viel gehuldigt worden. Dieser Handkuss aber war gewesen wie ein elektrischer Schlag; er hatte ihr Klarheit gegeben über ihr eigenes Empfinden.

Den warmen, sonnigen Märztagen folgte ein trüber, nasskalter April. Morgens hing der Nebel in dicken Massen zwischen Mauern und Geäst, weißlich-grau draußen in Gärten und Feldern, schmutzig-braun in den Straßen und zwischen Fabriken. An manchen Tagen brannten die Gasflammen den ganzen Tag in der Stadt, und im Hafen hörte das Läuten der Schiffsglocken, das Heulen der Dampfsirenen nicht auf.

Frau Konsul war in großer Sorge. „Wenn der Nebel nur vorbei ist, ehe sie in den Kanal kommen, Irene. Sie müssen jetzt bald so weit sein."

„Reg dich nicht auf Tante. Kapitän Swensen ist ja als vorsichtig bekannt."

„Vorgestern ist erst ein Zusammenstoß gewesen." Sie prüfte das Barometer. „Es will nicht steigen. Du sollst sehen, wir bekommen noch Nordweststurm. Onkel meinte es heute Morgen auch schon."

„Mach dir nicht so viel Gedanken um alles, was kommen kann. In acht Tagen sitzt Peter wohl und vergnügt hier zwischen uns."

Tante Anna gab sich einen Stoß. Sie hatte etwas auf dem Herzen und das musste einmal gesagt werden. „Ich möchte dich um etwas bitten, Irene."

„Dein Wunsch ist mir Befehl."

„Das habe ich leider noch nie gemerkt. – Könntest du dich nicht entschließen, Egon künftig mit seinem Namen zu nennen?"

„Was? Ich soll nicht mehr Peter sagen?"

„Du tätest mir einen großen Gefallen damit."

„Nein, Tante, das ist unmöglich. Von klein auf habe ich ihn Peter genannt, alle seine Freunde haben den Namen angenommen, Onkel Paul selbst ruft ihn so."

„Leider! Und solange ihr Kinder wart, habe ich ja auch nichts dazu gesagt, aber nun …"

„Sollen wir nun keine guten Freunde mehr sein?"

„So meine ich das doch nicht. Ach Gott, es ist kein vernünftiges Reden mit dir. Wenn ihr wirklich Geschwister wäret. – Obgleich ich sagen muss, dass ich auch die Spitznamen nie hübsch gefunden habe. Aber ihr seid es doch einmal nicht."

„Mir ist es immer so vorgekommen."

Es war nichts mit dem Mädchen anzufangen. Wollte sie nicht verstehen, oder verstand sie wirklich nicht? Frau Konsul seufzte und nahm einen frischen Anlauf. „Ihr wäret nicht die Ersten, bei denen sich die geschwisterliche Liebe allmählich in eine andere Neigung wandelte."

„Bitte, nein! Bitte, sprich nicht weiter, Tante!" Aber, die war – einmal so weit gelangt – fest entschlossen, ihren Satz zu Ende zu bringen. „Das kommt sehr häufig vor, mein liebes Kind."

„Bei uns nicht."

„Und dann kann es einem jungen Mann doch nicht angenehm und ermutigend sein, von dem Gegenstand seiner Neigung Peter genannt zu werden." So, nun war sie fertig.

Irene stand mit zusammengepressten Lippen, die Farbe kam und ging auf ihrem Gesicht. Seit von der Rückkehr des Vetters die Rede gewesen, hatte es ihr vor einer derartigen Aussprache gegraut. „Du bist vollständig im Irrtum, wenn du meinst, Peter könnte mich anders lieb haben wie eine Schwester. Wäre das doch der Fall, darin müsste ich natürlich euer Haus verlassen."

„Unser Haus verlassen?" Frau Konsul erschrak so, dass sie ganz schwach auf einen Stuhl sank. „Um Gottes willen, Kind, wie kannst du bloß so etwas sagen. Wäre dir das denn leicht?"

„Leicht? Nein, schrecklich schwer wäre es mir. Das kannst du dir wohl denken. Aber, was soll ich machen, wenn du so sprichst."

„Ich habe es doch gut gemeint. Du kannst doch daraus sehen, wie viel Onkel und ich von dir halten, dass wir dich ganz und gar zur Tochter haben möchten. Noch dazu, wo Egon unser Einziger ist, und wo ihr immer so viel von einander hieltet, konnte man wohl einmal Pläne machen."

„Peter ist und bleibt ein Bruder für mich, und Brüder heiratet man nicht." – Plötzlich tat ihr die Tante leid, sie sah so geschlagen aus. Einer warmen Herzensregung folgend legte sie den Arm um die Bekümmerte. „Ja, Tante Anna, du hast es sauer mit mir. Ich werde nun mal nie das wohlerzogene junge Mädchen werden, das du so gern aus mir gemacht hättest. Mich muss das Leben schon so verbrauchen, wie ich bin."

„Ich fürchte, mein liebes Kind, auf diese Weise wirst du nie einen Mann bekommen."

„Daran liegt mir auch gar nichts."

„Es wird dich noch einmal reuen. Wir Frauen verfehlen unsern Beruf, wenn wir nicht heiraten. Du bist jetzt zwanzig Jahre, die meisten deiner Freundinnen sind schon verheiratet oder verlobt …"

Irene lehnte hochmütig den Kopf zurück. „Wenn ich es nicht bin, so hat das, wie du selbst zugibst, doch lediglich an mir gelegen." Dann kam ein Lächeln in ihre Züge, der Blick vertiefte sich und ging, wie in süßem Erinnern, in die Ferne. „Wenn der Rechte kommt, Tante Anna, dann verspreche ich dir, gar nicht spröde zu sein."

„Ach, der Rechte! – Das ist auch solche neumodische Redensart. In meiner Zeit war man froh, wenn ein netter, junger Mann ..."

Es klopfte, und der nette, junge Mann, der Irene, sooft er auftauchte, auf die Nerven fiel, verschwand in der Versenkung. Das Hausmädchen brachte ein Telegramm. Die „Pommerania", mit der der Sohn des Hauses heimkehren sollte, war von Sauthampton gemeldet.

„Natürlich, gerade jetzt, wo wir den Nebel im Kanal haben, und nun kommt sicher noch Sturm und Hochwasser."

6.

Frau Konsul hatte richtig prophezeit. Als der Dampfer am 7. April die Elbmündung erreichte, stürmte es aus Nordwest. Der Strom lief brausend ein, und in Hamburg krachten bereits seit dem Morgen die Signalschüsse, die das nahende Hochwasser meldeten. In den Elbstraßen räumten die Kellerbewohner in Hast ihre Wohnungen, und als Vermährens zum Hafen fuhren, stand bereits der halbe Wandrahm unter Wasser. Von der Seewarte meldeten die Signale „starker Sturm aus Nordwest" und auf Wietzels Hotel zog man die Flagge ein, denn der dröhnende Wind riss an dem Tuch, dass es knallte, und die Fahnenstange sich knarrend bog unter dem Druck.

Die schmutziggelben Elbwogen rauschten tosend mit weißen Kämmen in den Hafen, klatschten – sich überschlagend – gegen das Bollwerk und sprühten Schaum und Regen auf die Brücken. Am Himmel jagten dicke grauschwarze Wolkenmassen, aus denen von Zeit zu Zeit ein tüchtiger Guss niederprasselte. Dann verging die Ferne in grauem Dunst, Luft und Wasser verschwammen in eins, und die Gebäude starrten dunkel und schmutzig mit trostlos verdrossenen Gesichtern in den dunklen, schmutzigen Tag.

Trotzdem hatte der Konsul den Wagen nicht schließen lassen wollen. Er, als eingefleischter Hamburger, liebte alles in seiner Vaterstadt, selbst solch Hamburger Wetter, für ihn wurden in Regen und Flut tausend Erinnerungen lebendig, und der sprühende Wind tat ihm wohl, wenn er aus der dumpfen Kontorluft kam. Aber seine Frau fürchtete für ihren Hut und die neue Samtmantille: „Und wie wird man um den Kopf rum aussehen, Paul?" Also wurde der Wagen aufgeklappt.

„Du solltest doch mitkommen, Irene: Egon würde sich freuen."

Aber die war nach der Unterredung kopfscheu geworden.

„Du weißt, Tante, dass Onkel solche vollgepackten Wagen nicht leiden kann."

„Vier Personen!"

„Und das Gepäck."

„Das holt Siemens nachher."

„Lass mich nur hier. Ich habe ohnehin etwas Halsweh."

„Natürlich, wenn du nicht willst." Frau Konsul war gekränkt. Dies unbegreifliche Mädchen! Solche Partie fand sie in ganz Hamburg nicht zum zweiten Male.

Und dabei solch guter, prächtiger Mensch! Sie sah noch verstimmt aus, als sie schon im Wagen saß.

„Puh, ist das ein Wetter! Habt ihr es hier immer so kalt?" Egon Vermähren stieg in die Equipage, klappte hastig die Tür zu und setzte sich seinen Eltern gegenüber. Die Mutter breitete ihm sofort eine Decke über die Knie, aber der Vater lachte nur.

„Du bist verwöhnt, mein Junge, es war Zeit, dass du nach Hause kamst. Na, wie war denn die Reise?"

Während der Sohn berichtete, ruhig, sachlich, ein wenig trocken, saß seine Mutter und strahlte ihn an. Wenn jemand gesagt hätte: „Hübsch ist der junge Vermähren doch gar nicht", hätte sie zögernd zugestanden: „Nein, hübsch gerade nicht." Aber, das war nur ihre öffentliche Meinung, im innersten Herzen war er vollkommen für sie.

Schon dass er erst nach sechsjähriger Ehe erschienen, und dann so zart und schwach war, dass man ihn in Watte wickeln musste, hatte ihr mütterliches Gefühl ganz und gar in Anspruch genommen. Sie hätte ihn auch später am liebsten noch in Watte gewickelt, als es längst nicht mehr nötig war, da aber hatte der Konsul energisch eingegriffen. Er hatte es auch veranlasst, dass der Sohn weite Reisen für die Firma machte, und zuletzt zwei Jahre auf den Besitzungen in der Südsee gearbeitet hatte. Mit seinen sechsundzwanzig Jahren war Egon Vermähren bereits ein tüchtiger Kaufmann mit klarem, weitausschauendem Blick, aber, sobald er von dem Kontorbock heruntersteigen und in persönlichen Verkehr mit Menschen treten musste, überfiel ihn eine innere Schüchternheit, deren er nicht Herr werden konnte.

Er besaß auch nichts von der imponierenden Gestalt und der dunklen Schönheit seines Vaters. Kaum mittelgroß, etwas hochschultrig, mit kurzem Hals und großem Kopf, das Haar von stumpfem Blond, die Züge unregelmäßig und ohne viel Leben, gehörte er in seiner Erscheinung zu den Menschen, die man immer wieder vergisst. Nur die Augen waren schön, von tiefem, warmem Blau und mit einem Ausdruck unendlicher Güte.

„Peter, deine Augen mag ich zu gerne leiden", hatte Irene einmal als Kind gesagt, „die sehen immer so aus, als wenn du einem was schenken willst."

Und er hatte ihr alles geschenkt, wonach ihr Kinderherz Verlangen trug, dazu sich selbst mit Haut und Haar; und sie hatte ihm gedankt und ihn gestreichelt und gelacht, und seine brüderliche Liebe als selbstverständlich hingenommen. Dass die längst keine brüderliche mehr war, sah sie nicht und wollte es nicht sehen, und er dachte viel zu bescheiden von sich selbst, um sich mit den eleganten, gewandten Herren in eine Reihe zu stellen, die um das reiche Mädchen warben.

Während er dem Vater Rede und Antwort gab, dabei der Mutter von Zeit zu Zeit einen herzlichen Blick zusendend, waren seine geheimsten Gedanken fortwährend bei der Frage: Warum ist sie nicht mit an den Hafen gekommen? Ist das Zufall oder Absicht?

Marung befand sich an diesem Tage in einer schwer gedrückten Stimmung, deren er nicht Herr zu werden vermochte. Das feuchtkalte Wetter hatte ihm aufs Neue starke Schmerzen in den kaum verheilten Wunden und damit ruhelose Nächte gebracht. Trotzdem wies er das Morphium, das Lorenz abends bereithielt, dauernd zurück, weil er nicht noch einmal in seinen Bann geraten wollte. Sein Befinden zwang ihn schließlich, mehrere Tage ganz auf seinem Zimmer zu bleiben, und dadurch stieg seine Ungeduld auf das Höchste.

In diesen Tagen, wo er Irene nicht sah, beschäftigten sich seine Gedanken beständig mit ihr. War sie wirklich mit ihrem Vetter heimlich versprochen, wie Lorenz erzählte? Aber er dachte an ihr tiefes Erröten bei seinem Handkuss, an den langen, warmen Blick – Herrgott, wenn sie frei wäre, und er ein gesunder Mensch! Dies liebe, helle, sonnige Geschöpf sein eigen nennen! Als würde er wieder einem Mädchen begegnen, das alles in sich vereinigte, was er an einer Frau begehrte. Wie ein irischer, klarer Quell war sie, so rein und natürlich in all ihrem Denken und Tun, eine Frau, die ihm Geliebte und Kamerad zugleich sein würde.

Die Kölner Ärzte hatten ihm die feste Versicherung gegeben, dass er vollständig genesen werde. Auch Doktor Dehnicke, der ihn im Krankenhaus vertrat und sich von Zeit zu Zeit nach seinem Befinden erkundigte, war der gleichen Ansicht gewesen.

„In zwei Monaten spätestens stehen Sie wieder am Operationstisch, Kollege, und Ihre Hand wird vielen armen Menschenkindern zum Segen werden", hatte er vor acht Tagen geäußert.

Damals glaubte Marung ihm, denn er gewann von Tag zu Tag an Sicherheit und Kraft, so dass Lorenz' Hilfe nur noch in seltenen Fällen nötig war. Umso härter war der Rückschlag. Das nervöse Zucken und Zittern der verletzten Hand bereitete ihm eine Pein, dass er meinte, alle vorangegangenen Leiden seien nicht so arg gewesen. Jedenfalls hatte er sie geduldiger ertragen. Wenn er nie wieder vollkommen hergestellt würde? Dann verlor er mit dem Beruf zugleich das geliebte Mädchen, seinen Lebenszweck und sein Lebensziel. Er sah von seinem Fenster aus den Wagen zum Hafen fahren und atmete erleichtert auf. Irene fuhr nicht mit. So war sie doch wohl nicht die Braut des Erwarteten.

Wenn sie allein zu Hause war, saß sie häufig lesend im Wintergarten; vielleicht konnte er sie von der Galerie aus sehen. Aber, als er dort stand, war es unten leer. Er beschloss zu warten, nahm ein Buch und versuchte zu lesen. Eine Viertelstunde verging, eine halbe, da hörte er ihre Stimme. Nur kam sie nicht allein, er hatte Pech. Plötzlich lauschte er auf.

„Wenn Sie meinen, dass eine feierliche Anmeldung nötig ist."

„Vielleicht ist es Ihrem Vetter lieber, Fräulein Lebermann; Lorenz sagt, seine Stimmung sei schauderhaft."

Marung rappelte sich mühsam hoch, sah über das Gitter und sagte: „Lorenz ist ein krasser Verleumder. Ich hoffe, die Damen kehren sich nicht an seinen Bericht. Oder soll ich hinunterklettern?"

Eine eiserne Wendeltreppe mit durchbrochenen Stufen führte von der Galerie in den Wintergarten hinab. Irene winkte lebhaft ab. „Unterstehen Sie sich. Das alte, steile Ding. Wenn Sie abstürzen!"

Er lachte und sang: „Und sterb ich denn, so sterb ich doch – ja doch – ja doch – doch unter Ihren Füßen. Zu Ihren Füßen, müsste es richtiger heißen."

„Und Sie wollen krank sein? Launen, nichts als Launen. Seit vier Tagen ist er nicht zu den Mahlzeiten unten gewesen, Fräulein Levermann. Der arme Lorenz hat sich die Beine für ihn kurz gelaufen auf den Treppen; Onkel und Tante, sprachen nur mit Flüsterstimmen, mir verboten sie das Lachen, – und jetzt sitzt er hier und singt in schmelzenden Tönen."

Marungs Stimmung wuchs mit jedem Augenblick. Während er seine Cousine begrüßte, sich nach ihrem Ergehen und der letzten Zeit ihres Kölner Aufenthalts erkundigte, empfand er mit allen Fibern das Entzücken, Irene in seiner Nähe zu haben, den weichen Duft ihres Haares zu spüren, ihr leises klingendes Lachen zu vernehmen und seinen Blick in ihre übermütig funkelnden Augen zu senken.

Sie rückte ein Tischchen und Stühle heran, klingelte nach Lorenz, orderte Kekse und Tokajer, „aber dalli, dalli, Lorenz", und der flog.

Dann wandte sie sich Klara Levermann zu; zwang sie, Hut und Mantel abzulegen und schob ihr trotz allen Wehrens ein Kissen in den Rücken.

„Liebstes Fräulein Vermähren, ich bin doch kein Invalide."

„Aber Sie haben sich monatelang für die Invaliden abgearbeitet. Jetzt sollen Sie sich auch einmal verziehen lassen. Wenn wir nur gewusst hätten, wann Sie zurückkämen. Nicht wahr, Herr Doktor, wir hätten Ihrer Cousine einen festlichen Empfang bereitet."

„Ehrenpforten, weißgekleidete Jungfrauen und Kanonenschläge. Aber im Ernst, Klärchen, war es wenigstens behaglich in deinen Zimmern?"

„Das kann ich nicht behaupten, kalt und staubig war es. Ich hatte mich anmelden wollen, aber dann kam in Köln immer noch etwas dazwischen, dass sie mich nicht fortließen, zuletzt ging es holterdiepolter. Meine Pensionsdame war gar nicht zu Hause, die Speisekammer war abgeschlossen, und das Mädchen konnte nicht einmal Kaffee kochen."

„Wie schauderhaft! Wären Sie doch zu uns gekommen. Wir hätten Sie schön verziehen wollen; was meinen Sie, Herr Doktor?"

„Sie sind nicht glücklich, wenn Sie nicht jemanden verhätscheln können."

„Weiter kann ich auch nichts."

„Wieder mal Ihr einziges Talent", neckte er.

„Wenn Sie boshaft werden, lassen wir Sie allein."

„Ich wollte in eine Konditorei", berichtete Klara weiter, „da traf ich unterwegs deinen Freund Schmidt. Als er von meinem Elend erfuhr, schleppte er mich nachher in ein Restaurant, und ich musste zwei warme Rundstücke verzehren und Bouillon dazu trinken."

„Wie unpassend, Klärchen, allein mit einem unverheirateten Herrn in ein Restaurant zu gehen."

„Findest du das so schlimm, Hans? Ja, nach Hamburger Begriffen schickte es sich wohl nicht. Aber, wenn man so lange in einer Klinik gelebt hat, zwischen lauter männlichen Wesen ...Worüber freust du dich denn so?"

„Er hat Sie ja nur necken wollen, Fräulein Levermann."

„Also, hereingefallen: Ja, von der Seite kannte ich ihn bisher nicht. Mir scheint, er hat es hier zu gut gehabt. – Und heute kommt Herr Vermähren zurück?"

„Ja, unser guter Peter." Das klang nicht nach Liebe und Brautstand. „Onkel und Tante sind schon zum Hafen."

„Dann wird es Zeit, dass ich gehe."

„O, bewahre, das kann noch stundenlang dauern, bis die wiederkommen!" Und als Klara nach einer

Viertelstunde doch aufbrach; „Aber übermorgen erwarten wir Sie bestimmt zum Frühstück, und dann müssen Sie den ganzen Tag hierbleiben. Sonntags ist es immer gemütlich bei uns. Bernhard Schmidt hat sich auch schon angemeldet. – Gewiss, wir können hier gleich durch das Zimmer gehen, dann brauchen Sie die enge Stiege nicht wieder hinunter. – Heute Mittag essen Sie doch mit uns, Herr Doktor?"

„Lassen Sie mich bitte hier oben. Bei der ersten Mahlzeit gleich einen Fremden am Tisch zu finden."

„O, bewahre, so ist Peter gar nicht. – Heute Abend kommen Sie aber ein bisschen? Sonst glaube ich wirklich, Sie haben Launen."

„Den schnöden Verdacht muss ich allerdings entkräften."

„Hand drauf?"

„Hand drauf!"

7.

Klara Levermann ging trotz des schauderhaften Wetters den weiten Weg bis zu ihrer Pension zu Fuß. Es tat ihr wohl, sich vom Sturm zausen zu lassen und die kalten, sprühenden Regentropfen in das heiße Gesicht zu bekommen. In ihr war eine gereizte Unruhe.

Was war das mit Marung gewesen? Viel frischer hatte sie ihn gefunden, als sie es erwartet hatte, aber etwas Fremdes hatte von seinem Wesen Besitz ergriffen. Eine Lebhaftigkeit, eine Heiterkeit ... sie erschrak plötzlich. Er würde doch nicht wieder Morphium ... Seine Augen hatten einen merkwürdigen Glanz gehabt.

Obgleich sie zu niemand, auch zu ihm selbst nicht, darüber gesprochen hatte, war es ihr in Köln nicht entgangen, wie er gegen die Macht gekämpft hatte, die dieses Gift über ihn gewann. Sie beschloss, Lorenz zu fragen. Ganz unverfänglich natürlich; dazu würde am Sonntag schon Gelegenheit sein.

Hätte sie den Doktor in diesem Augenblick sehen können, wäre sie erschrocken. Eine Weile nachdem die jungen Mädchen ihn verlassen, hatte Marung noch auf der Galerie gesessen in der stillfrohen Stimmung, die Irenes Kommen veranlasst hatte. Plötzlich empfand er ein leises Frösteln. Es lief schnell über Schultern und Rücken und verging. Er schenkte sich noch ein Glas von dem feurigen Ungarn ein und zündete eine Zigarre an. Für einen Augenblick erwärmte der Wein ihn, dann kehrte das Frösteln stärker zurück. Die kaum angeregten Nerven versagten ebenso schnell wieder. Ihn fror jetzt am ganzen Körper, Schauer um Schauer flog durch die Glieder und kalter Schweiß perlte auf seiner Stirn.

Die Zähne zusammenbeißend stand er auf und ging in das Zimmer. Der mächtige Spiegel gegenüber der Tür zeigte ihm beim Eintritt sein Bild. Er erschrak über sich selbst, die zusammengesunkene Haltung, das grauweiße Gesicht, die matten Augen.

Im Ofen knisterte ein Feuer, davor stand die Chaiselongue mit Kissen und Decken. Er streckte sich aus und wickelte seinen Körper in die weichen Hüllen. Dann versuchte er, zu schlafen. Aber die Gedanken irrten erregt umher, und sein Ohr lauschte auf jeden Klang im Hause. Er hörte den Wagen vorfahren, Türen gingen, Stimmen sprachen durcheinander. Schritte, gedämpft durch Läufer und Teppiche, kamen die

Treppe herauf. Nach einer Weile erschien Lorenz, deckte den Tisch und servierte das Mittagessen. Dabei referierte er nach seiner Weise über die Ereignisse im Hause.

„Der junge Herr ist glücklich angekommen. En braunen Kerl hat er sich mitgebracht, den soll Frau Senator sich als Diener belernen. Die Deerns wollen ihn aber nicht in der Küche haben. ‚I gitt, i gitt', sagt Gesa, ‚ich werd mich mit so 'n Heidenmenschen doch nich an einen Tisch setzen' ... Ja, Herr Doktor, die Austern müssen Sie aber alle essen, das hat mir Fräulein Irene auf die Seele gebunden. Die sind von Cölln zur Feier des Tages ... Man, so 'n paar Erbsen? Nee, Herr Doktor, dabei können Sie nicht bestehen; und das Filet ist doch grad so, wie Herr Doktor das gern mag, nich zu arg gebraten und ..."

„Ist schon gut, Lorenz."

„Auch keinen Nachtisch? Da is es woll wieder arg mit den Schmerzen?"

„Ach, bewahre, nur ein bisschen Mattigkeit. Stellen Sie mir den Kaffee neben die Chaiselongue. So, danke, weiter brauche ich nichts."

Sehr leise räumte Lorenz das Service zusammen. Er kannte diese gekniffenen Lippen. Der sollte ihm bloß nicht weismachen, dass er keine Schmerzen hätte.

„Sind Sie immer noch da, Lorenz?"

Nun wurde es Zeit, aus der Tür zu kommen. Der Herr Doktor konnte eklig kurz werden.

Die Dunkelheit kam früh an diesem Abend. Auf dem Glasdach des Wintergartens klopfte eintönig der Regen, und im Ofen sang der Wind sein nicht endendes Lied. Marung lag, die Zigarre zwischen den Fingern, und starrte in die sinkende Glut. Das monotone Geräusch des Regens schläferte ihn ein, die Lider sanken halb über die Augen, dann riss ihn ein stärkeres Brausen und Heulen im Schornstein wieder zum Bewusstsein zurück. Er tat einige Züge aus der Zigarre und dämmerte aufs Neue ein.

Ein diskretes Klopfen, – Lorenz kam mit der Lampe.

„Ist es schon so spät?"

„Viertel nach sieben. Wollen Herr Doktor hier oben bleiben, oder ..."

„Nein, nein, Ich habe versprochen, hinunterzukommen. Meinen anderen Rock, Lorenz, und Licht im Schlafzimmer. Ist gut, ich helfe mir schon allein."

Beim Ankleiden kam die nervöse Schwäche wieder. Hitze und Kälte und plötzlich ein abscheulicher Schwindel, dass alles Geschirr klirrte, als er sich auf die Platte des Waschtisches stützte.

„Ein hysterisches, altes Weib bin ich geworden", schalt er im Stillen. „Konnte nicht eine von den sieben Kugeln besser treffen?" – Ein energisches Zusammenreißen und dann ein neuer Schwindelanfall, „Nein, es ist ausgeschlossen, dass ich hinuntergehe." Und während er das dachte, packte ihn der Zorn. Er, der nie im Leben Krankheit am eigenen Leibe erfahren, empfand diese Schwäche wie eine Schmach. Vor seinen Gedanken stand Irene.

„Hand drauf?"

„Hand drauf!" – Natürlich würde sie ihn für launenhaft halten, oder – noch schlimmer – für abweisend, zurückstoßend. Junge Mädchen sind ja so unberechenbar. Vielleicht glaubte sie, wenn er nicht kam, zu entgegenkommend gewesen zu sein und nun eine Lektion zu erhalten. Und der heimgekehrte Vetter, mit seiner wohl nicht nur brüderlichen Liebe, saß inzwischen bei ihr ...

Er musste hinuntergehen.

Aus der Schublade seines Nachttisches nahm er mit fliegenden Fingern ein kleines, ledernes Etui und ein Fläschchen mit wasserhellen Tropfen.

Als er zehn Minuten später die Treppe hinabging, glitt seine Hand ohne Zittern über das Treppengeländer, und die graue Blässe war von seinem Gesicht verschwunden.

Er trat in das Zimmer des Hausherrn, woher Stimmen herausdrangen, begrüßte den Konsul, ließ sich dem Sohn des Hauses vorstellen, wechselte die üblichen Redensarten über Reise und Witterung mit ihm, beruhigte Frau Anna über sein Befinden und gelangte erst danach in Irenes Nähe.

„Also wirklich", sagte sie halblaut, und ihre Augen glänzten.

„Es war mir einfach unmöglich, heute oben zu bleiben", antwortete er ebenso, und hielt ihre Hand ein wenig länger und fester, als nötig in der seinen.

Beide bemerkten nicht, dass Egon Vermähren sie beobachtete. Ruhig, aufmerksam ging sein Blick von einem zum andern, ohne dass indes der Ausdruck seines Gesichtes sich veränderte. Aber es war nie viel Wechsel in seinen Zügen.

8.

Frau Konsul war mit Irene in der luftigen Speisekammer damit beschäftigt, Porzellan und Kristall aus hohen Schränken hervorzukramen. Es war Sonntagvormittag und in der Küche regierte heute rund und wohlwollend Madam Nohrmann, die Kochfrau, denn, wenn Besuch erwartet wurde, vertraute Frau Konsul die Ehre ihres Tisches nicht der Köchin an. Sie selbst war, wie immer bei solcher Gelegenheit, in einer ganz unnötigen Aufregung, die aber von ihrer Umgebung sehr ruhig genommen wurde.

Ihr Mann hatte zwar in früheren Jahren versucht, sie ihr abzugewöhnen, als er jedoch einsah, dass sie sich selbst als schlechte Hausfrau verachten würde, wenn sie sich nicht um jede Kleinigkeit aufgeregte, ließ er sie gewähren.

„Irene, nun denk bloß, Cölln hat den Hummer noch nicht geschickt."

„Der soll doch erst zum Abend, Tante."

„Wenn er es nur nicht vergisst. Man hat auch keinen Menschen zu schicken. Noch dazu heute am Sonntag. Siemers brauchte doch auch nicht gerade heute nach Ritzebüttel zur Hochzeit seines Vetters. Glaubst du an die Hochzeit? Ja, du hast leicht lachen. Onkel ist viel zu gutmütig gegen die Leute; ich hätte es ihm nicht erlaubt. Wenn Onkel Beier heute keinen Hummer bekommt, du weißt, wie er denn immer gleich ist. Madam Nohrmann sagt eben, das Filet wäre auch man klein, wenn es nur Rücken vorher gibt. Und Albrechts können alle tüchtig essen."

„Madam Nohrmann behauptet immer, es wäre zu wenig, das kennen wir doch, nachgerade bei ihr."

„Es ist nur ein Glück, dass der nette Lorenz sich angeboten hat, mit zu servieren. Man konnte es dem Mann ja eigentlich gar nicht zumuten. Ob es dem Doktor auch recht ist?"

„Warum nicht? Lorenz stiehlt ohnehin dem Herrgott den Tag ab."

„Rosa wäre allein auch nicht fertig geworden. Ich glaube, sie ist ganz froh über die Hilfe, obgleich sie am Ende dadurch weniger Trinkgeld bekommt."

„Ich glaube, sie hat eine kleine Schwäche für ihn"

„Rosa? Für Lorenz?"

„Und Lorenz für Rosa. Hast du davon noch gar nichts bemerkt? – Aber Tante, darum brauchst du doch nicht die Salatschüssel fallen zu lassen Warum sollen sich die beiden denn nicht lieben?"

„Kind! Du hast zu laxe Ansichten. – Wo mir alle Liebesgeschichten zwischen den Dienstboten solch ein Gräuel sind. Deshalb will ich doch auch nicht, dass Onkel einen Diener annimmt. – Die gute Schüssel! Es war noch eine von Großmama. Wenn es wenigstens die mit dem Sprung gewesen wäre."

„Ja, das ist immer so, die kaputten Sachen bleiben am längsten heil."

„Ob er sie heiraten will?"

„Das wäre nicht das Dümmste von ihm."

„Wo ich mir das Mädchen eben erst ordentlich angelernt habe. Das ist jetzt auch alles anders als früher. Jedes dumme Ding will heiraten. Bei meinen Eltern dienten sie zwölf und fünfzehn Jahre und sparten sich erst ordentlich was zusammen."

„Dann waren sie bei der Hochzeit ja schon recht altbacken." Und mit einem schelmischen Seitenblick: „Du bist doch sonst so für das Heiraten, Tante Anna."

Frau Konsul wurde ganz würdevoll. „Ich begreife nicht, meine liebe Irene, wie du zwischen dir selbst und unserem Dienstmädchen Vergleiche ziehen kannst. Nimm es mir nicht übel, aber ein gewisses

Gefühl für das, was man nicht sagt, fehlt dir oft."

„Ich bin entartet, Tante, total entartet! Ich weiß es."

„Ach, heute ist wieder kein vernünftiges Reden mit dir. – Egon, – gut, dass du kommst. Sag mal, könntest du nicht noch zu Cölln fahren? Er hat den Hummer nicht geschickt."

Egon Vermähren steckte seinen Kopf in die Tür. „Also hier seid ihr! Ich suchte euch schon im ganzen Haus. Musst du so was nun wirklich selbst tun, Mama? Wozu ist eigentlich Mamsell Junkermann da?"

„Ach, die Junkermann!"

„Ich denke, sie ist eine Perle?"

„Gewiss, gewiss, aber mein lieber Egon, das verstehst du nicht. Solange ich denken kann, hat in unserer Familie immer die Hausfrau selbst das feine Porzellan und das Leinenzeug herausgegeben und so lange ich hier im Hause zu bestimmen habe …"

„Liebste Mama, ereifere dich doch nicht so."

„Ich weiß es wohl, ihr findet es kleinlich, dass ich mich um alles kümmere, und haltet mich für geizig, weil ich mit jedem Schilling rechne, aber ihr habt die Zeiten auch nicht mit durchlebt, ich meine nicht mit Bewusstsein, wie es so schlimm stand um die Firma …"

„Das ist doch bald zwanzig Jahre her, Tante."

„Meinst du, darum kann es nicht wieder so werden? Wenn ich bloß noch daran denke, wie Paul von der Börse kommt und sagt: Reimers und Bokelmann haben falliert. Das waren hunderttausend Kurantmark für uns, und mit fünfzehn Prozent haben sie akkordiert nachher. Und vier Wochen später Smithbroters in London – da dachten wir, nun wäre es alle. Wie ich da zu deiner Mutter komme, Irene, ganz zunichte von Sorge und Aufregung, – sitzt sie, schaukelt dich in der Wiege und singt so ruhig dazu, als wenn gar nichts passiert wäre. ‚Dagmar', sage ich, ‚wie kannst du bloß noch singen bei all dem Unglück! Denkst du denn gar nicht, was werden soll?' – ‚Anna', sagt sie, ‚wenn der liebe Gott mir nur meinen Mann lässt und mein süßes Kind, – das andere will ich gern entbehren. Ich habe auch schon zu Richard gesagt, wenn ihm das was nützen kann, soll er unsere ganze Einrichtung verkaufen, und wir ziehen unters Dach.' Unters Dach! Wahrhaftig, das sagte sie, als wenn es gar nichts wäre. Ich musste weinen, so schrecklich fand ich es."

Peter und Irene hatten geduldig zugehört, obgleich sie die Geschichte längst kannten. „Na, Mütterchen, du hast aber doch nicht unters Dach müssen, und was damals verloren ging, hat sich zwanzigfach eingebracht."

„Ja, ja, ja. Aber – ich kann mir nun mal nicht helfen, ich denke immer, es könnte wieder so kommen, und dann will ich mir wenigstens sagen können: Ich, für mein Teil, habe nichts leichtfertig vergeudet. Ja, das ist schon so...

Aber, Egon, könntest du nicht zu Cölln? Mein Gott, Irene, ob die Rohrmann eigentlich die kleinen Pasteten zum Frühstück gemacht hat?"

„Fix und fertig, sei ohne Sorge."

Die Hausglocke ging, Klara Levermann und Bernhard Schmidt kamen zu gleicher Zeit. Sie hatten sich in der Pferdebahn getroffen.

Klara war wieder überrascht, wie frisch und heiter Marung war. Er erschien zum allgemeinen Frühstück und beteiligte sich sogar an einer Rundfahrt um die Alster. Dann zog er sich allerdings auf sein Zimmer zurück, um vor dem Mittagessen ein wenig auszuruhen.

Das Wetter war plötzlich umgeschlagen, es war sonnig und warm, selbst Peter schalt heute nicht auf das deutsche Klima. Während er aber Klara durch die Orchideenhäuser führte, die jeder neue Gast des Hauses bewundern musste, waren seine Gedanken bei Irene, der Marung heute kaum von der Seite wich. Es musste jedem auffallen, wie die zwei sich suchten und zu finden wussten, und er, der immer bestrebt gewesen war, jede unwahrscheinliche Hoffnung in sich zu ersticken, empfand plötzlich, dass er im innersten Herzen dennoch törichte Träume gehegt hatte. Aber er hatte seine Gefühle in der Gewalt, und wenn er noch ein wenig stiller war als sonst, fiel es niemandem auf.

Klara war ebenso zerstreut. Auch ihr waren die Augen aufgegangen. Sie hatte gewusst, dass einmal die Stunde kam, wo Marung sein Herz verschenken würde; sie hatte es gefürchtet, als Schmidt ihn in das Vermähren'sche Haus brachte, und war nun fest entschlossen, Irene mit warmem Herzen Schwester zu nennen. Auch wenn es ihr nicht ganz leicht wurde.

Bisher war sie die einzige Frau, seine Mutter ausgenommen, die ihm innerlich nahe getreten war. Denn, was sonst gewesen, hatte immer nur seine Sinne berührt, sein tiefstes Wesen war nicht daran beteiligt. Immer blieb sie die treue Freundin, der gute Kamerad. Jetzt würde das anders werden. Irene war reich genug, sein Denken und Fühlen ganz auszufüllen. Ja, das musste durchgebissen werden, da half nichts. Wenn sie nur sicher gewesen wäre, dass die glückliche Veränderung in seinem Wesen hierin allein ihre Ursache hatte. Der halbe Tag verging, und sie hatte Lorenz kaum flüchtig von fern gesehen. Erst als der Gong durch das Haus hallte, der Ruf zum Mittagessen, begegnete sie ihm auf der Treppe. – „Lorenz; auf ein Wort."

„Gnädiges Fräulein?"

„Wie steht es mit Herrn Doktor? Ist er lange schon so frisch?"

„O nee! – Ja – das heißt – seit vorgestern, wo gnä' Fräulein hier waren, da hat Herr Doktor sich mächtig erholt. Vorher ging 's immer so auf und ab."

„Und das Morphium? Braucht er es noch?

„Nee, gnä' Fräulein, gar nicht mehr. Ein paar Mal, wenn Herr Doktor so dolle Schmerzen hatte, hab ich ihm wollen was geben. Aber, Herr Doktor wollte nicht. Das Fläschchen mit den Tropfen, was wir von Köln mitgenommen haben, ist noch beinahe randvoll."

„Gott sei Dank."

„Gnä' Fräulein hatten woll all Angst, Herr Doktor könnt sich da angewöhnen? Ja, so was kommt vor. Nee, das hat keine Not mehr."

Mit frohem Herzen kam Klara zu Tisch.

Ein größerer Kreis war versammelt. Senator Beier und Frau, von „Beier u. Söhne", mexikanisches Exportgeschäft, er hatte eine Schwester des Konsuls geheiratet, waren mit einem achtzehnjährigen Sohn gekommen. Zwei ältere Söhne waren bereits über See. Frau Senator hatte die dunkle Schönheit ihres Bruders und war eine gute, frohherzige Dame. Er besaß eine gewisse Schwäche für kulinarische Genüsse und konnte über einen schlecht temperierten Bordeaux in Aufregung geraten. Im Übrigen störte er niemands Kreise und seine Erscheinung wirkte entschieden imposant. – Außerdem waren Albrechts da. Albrechts waren immer da, wenn sich etwas Besonderes bei Vermährens ereignete. Sie gehörten zu den „alten Freunden des Hauses", obgleich sie eigentlich niemand leiden mochte. Er war lang, dürr und langweilig, sie klein, dürftig und schief mit einer scharfen Zunge. Aber sie hatte ihrem Manne eine halbe Million mitgebracht, und das übergoss die kleine Gestalt mit einem verklärenden Schimmer. Die beiden Töchter Agathe und Malwine waren zwar grade gewachsen, aber so unglaublich wohlerzogen und langweilig, dass selbst der gutmütige Peter sie nicht ausstehen konnte.

In einer Ecke drückte sich Herr Seligmann herum, Vermährens Prokurist. Er spielte weiter keine Rolle und war nur eingeladen worden, weil das eine Fräulein Albrecht sonst keinen Tischherrn gehabt hätte.

Klara war etwas erschrocken, als sie bei ihrem Eintritt in den Salon die ganze Gesellschaft versammelt fand. Ihr dunkelblaues Tuchkleid erschien ihr zu einfach und dunkel für einen größeren Kreis; indes, daran ließ sich nun nichts mehr ändern, und außerdem war es ihr bestes. Irene trat sofort zu ihr und machte sie bekannt, dann kam auch Peter heran und sagte in seiner stillfreundlichen Art: „Ich werde Sie zu Tische führen, Fräulein Levermann, wenn Sie mir erlauben wollen."

Erst im letzten Augenblick, als die Stimmung schon ein bisschen gespannt wurde, und Frau Konsul Sorge bekam, ihre liebe Freundin Mariechen Albrecht könnte am Ende denken, es sei etwas mit der Suppe passiert, trat Marung ein. Er sah blass aus und hatte ein nervöses Zucken um die Augen. Irene flüsterte ihm zu: „Ihnen wird es heute schlecht gehen, Ihre Tischdame ist schon sehr verstimmt. Sie freuen sich doch, dass Sie Agathe Albrecht führen dürfen, nicht wahr?"

Er sah sie bestürzt an: „Fräulein Albrecht? Ich hatte auf jemand anders gehofft! Fräulein Irene, können Sie es wirklich verantworten, wenn meine Hand mir nun

Schwierigkeiten macht?" – „Die arme Hand! Natürlich, Sie haben recht. – Bernhard, bitte, du führst Fräulein Agathe. Ihr sitzt uns gegenüber." Frau Konsul hatte etwas gehört und kam heran.

„Aber Irene, Bernhard sollte ja …"

„Gewiss Tante, aber ich kann mich ihm doch nicht aufdrängen. Er wollte so gerne neben Agathe sitzen."

„Jetzt schwindelt sie sicher", dachte die Tante, die Schmidts Neigungen einigermaßen kannte, aber da kam Senator Beier auf sie zu und bot ihr den Arm. Nun musste das schon so bleiben …

9.

Es ging lebhaft zu am Tisch, besonders dort, wo Schmidt mit seiner Dame Marung und Irene gegenüber saß. Als sie beim Eintritt in den Speisesaal dicht zusammenstanden, hatte er ihr heimlich eine Faust gemacht: „Warte nur, das sollst du mir büßen."

Jetzt legte er es darauf an, seine Nachbarin zu entsetzen. Es gehörte nicht sehr viel dazu, denn Agathe Albrecht hatte absolut kein Verständnis für Humor und Neckerei. Nachdem er sich erkundigt hatte, wie es mit ihren Malstunden und dem Musikunterricht ginge, fragte er, ob sie daran dächte, eine der beiden Künste zu ihrem Lebensberuf zu wählen.

„Zu meinem Lebensberuf? – Wie meinen Sie das, Herr Schmidt?"

„Ob Sie Künstlerin werden wollen, Fräulein Albrecht?"

„Aber ich bitte Sie! Seh' ich so aus?"

„Nein, Sie haben recht, das tun Sie nicht. Aber Lehrerin würde Ihnen zusagen, nicht wahr?"

Agathe Albrecht setzte sich sehr grade hin. „Das haben wir denn doch nicht nötig."

„Wie schade, ich denke mir, Sie wären eine ausgezeichnete Lehrerin geworden. Sehen Sie, die Dame drüben links neben Doktor Marung – Ihr Wohlsein, Fräulein Levermann, – die ist auch Lehrerin. Eine ganz ausgezeichnete junge Dame! Augenblicklich ist sie allerdings nicht an einer Schule tätig, sie hat während des ganzen Krieges als Pflegerin gewirkt."

„Ach, das muss ja sehr interessant gewesen sein."

„Und wie! – Unter uns – Sie sprechen nicht darüber, nicht wahr, – sie wollten sie alle heiraten. Ärzte und Offiziere, – sogar ein kommandierender General war darunter."

„Bernhard", rief Irene und klopfte mit der Gabel auf den Tisch. Sie hatte sehr scharfe Ohren.

Aber der hörte nicht darauf. Er freute sich diebisch über den merkwürdigen Blick, mit dem seine Nachbarin Klärchen musterte. Dieses blasse Mädchen in dem einfachen Kleid – und ein kommandierender General! – Sie hatte es eigentlich unpassend gefunden, mit einer Lehrerin zusammen eingeladen zu sein; Vermährens hatten oft so wunderbare Bekanntschaften. Jetzt aber packte sie der Neid. Sie, Agathe Albrecht, hatte trotz ihres Vermögens noch keinen Antrag erhalten.

„Fräulein Levermann hat es gar nicht nötig", log Schmidt fröhlich weiter, „sie ist ein reiches Mädchen. Aber es zieht sie zur Jugend, sie stellt aus innerer Begeisterung ihre Kräfte in den Dienst der guten Sache. So etwas gibt immer einen gewissen Nimbus! – Augenblicklich verhandelt sie mit Peter über eine Kleinkinderschule auf seinen Inseln in der Südsee. Sehen Sie nur, wie eifrig er spricht. Das ist nämlich ein Steckenpferd von ihm, und er möchte sich natürlich solche Kraft sichern. – Ich, an Ihrer Stelle, ich würde auch Lehrerin, Fräulein Albrecht."

„Bernhard", warnte Irene zum zweiten Male.

„Du meinst, liebe Irene? Die Kücken? Ja, ganz famos. Ach so. Ich soll Fräulein Albrecht wohl von den Schätzen erzählen, die Peter mitgebracht hat? – Haben Sie den Insulaner schon gesehen? Nein? O, das ist schade, ich hoffe, er wird uns zum Nachtisch serviert. Sie können ganz ruhig sein, Tante Vermähren hat ihn in Hamburger Zeug gesteckt. Er hätte sich sonst erkälten können. Das Kostüm auf den Inseln da unten ist natürlich der Hitze wegen etwas leicht. Haben Sie schon mal eins gesehen? Nein? Peter hat einige mitgebracht, ich zeige sie Ihnen nachher."

Irene fand es angezeigt, sich am Gespräch zu beteiligen; sie fürchtete, Schmidt käme außer Rand und Band. Die Unterhaltung wurde allgemein, und als Lorenz begann, Champagner zu schenken, auch sehr lustig. Selbst Herr Seligmann taute auf. – Nur Marung blieb still. Die tiefe Blässe in seinem Gesicht und das nervöse Zucken hatten sich schnell verloren, er sah froh und glücklich aus, aber es fehlte ihm die Stimmung, sich an dem leichten, lustigen Ton zu beteiligen.

Er beobachtete Irene heimlich von der Seite, wenn sie sich vorbeugte. Nie war sie ihm so reizend erschienen. Sie war ganz in Weiß, und das schlichte Kaschmirkleid hob die Vorzüge ihrer schlanken Gestalt hervor. Den viereckigen Ausschnitt umgaben alte Brüsseler Spitzen, und um den Hals trug sie ein venezianisches Kettchen, an dessen Gliedern einzelne auserlesene Diamanten blitzten.

Marung war kein Kenner, aber er fühlte doch, dass Kleidung und Schmuck bei aller Einfachheit sehr kostbar sein müssten, und die Selbstverständlichkeit, mit der Irene sie trug, entzückte ihn. Auch wenn sie kein reiches Mädchen gewesen wäre, hätte sie sich als seine Frau nicht einzuschränken brauchen. Sein Gehalt war hoch, und seine Konsultationen und Operationen brachten ebenfalls große Summen. Wenn er seine Praxis wieder aufnehmen konnte!

Wenn ...

Irene, die sich zu ihm wandte, bemerkte plötzlich einen Schatten auf seiner Stirn! „Wird es Ihnen zu viel?", fragte sie besorgt. In diesem Augenblick entglitt ihr die Serviette, – sie griffen beide danach, ihre Hände berührten sich, das Tuch fiel zu Boden, und Irene fühlte ihre Finger mit starkem Druck festgehalten.

„Nein, ich danke Ihnen, mir ist ganz wohl." Doch die Hand gab er nicht frei. Und sie, die Wangen ein wenig rosiger gefärbt, sprach weiter mit ihrem vis-a-vis, lachend, heiter, mit einem verhaltenen Jubel in der Stimme.

Man hatte den Kaffee getrunken, geplaudert, musiziert, Frau Konsul hatte Rosa bereits einen Wink gegeben, dass es bald an der Zeit sei, Hummermayonnaise und belegte Brötchen herumzureichen, da kam die Rede auf einige besonders schöne Muscheln und Korallenstücke, die Peter Vermähren seiner Cousine mitgebracht hatte.

„Natürlich, wenn Ihr sie sehen wollt, kommt nur mit. Sie sind in meinem Zimmer."

Die ganze Gesellschaft folgte Irene. „Sie sind noch nie in meinem Reich gewesen", sagte sie zu Marung. „Mich soll verlangen, wie es Ihnen gefällt." Damit rollte sie die breiten Schiebetüren in die Wand zurück und ließ ihn eintreten.

Betroffen stand er auf der Schwelle. In den Jahren seines Hamburger Lebens hatte er sich so ganz an die dunkle, solide Wohlhabenheit der allgemeinen Einrichtungen gewöhnt, dass ihm dies Zimmer wie ein Märchen erschien. Weiße Möbel im Empirestil mit feinen goldenen Ornamenten standen darin, die Polster mit heller Seide bezogen. Über die Wände spannten sich lichtseidene Tapeten, grünlicher Grund mit silbernen Arabesken durchwirkt. Gegenüber der Schiebetür hing eine farbenfrohe Landschaft im Goldrahmen, ein Buchenwald im Herbstschmuck, von Valentin Ruths. Der Fußboden war nicht Parkett, sondern in Mosaik gelegt, nach einem antiken Muster, das man in Pompeji entdeckt hatte. Vielleicht hätte der Raum zu elegant und dadurch unbehaglich gewirkt, wenn nicht die Blumen und Pflanzen gewesen wären, die den Erker füllten und mit zierlichem Rankenwerk die Wand zwischen den Fenstern bedeckten.

Herr Albrecht deutete auf den Fußboden. „Hat ein Sündengeld gekostet", raunte er Marung zu. „Wenn es mein Mündel gewesen wäre, ich hätte dem Mädchen seinen Willen nicht so durchgehen lassen. Sieht das in irgendeinem Journal und muss es haben. – Und denn die Geschichte mit dem Licht. Geradezu ein Unfug! Weil sie die Gasluft nicht leiden kann, sie nicht und ihre Blumen nicht! Du lieber Gott, da soll sie sie in den Gewächshäusern lassen."

Jetzt erst bemerkte der Doktor, dass sich keine

Lampe in dem Zimmer befand, sondern das Licht durch bernsteinfarbene Gläser in der Decke fiel, die wie große leuchtende Steine im Stuck befestigt waren.

„Was das gekostet hat! Ein ganz verzwicktes Stück ist es gewesen, diese Anlage, die Flammen sitzen hinter dem Glas. Nach oben sind in der Decke feuersichere Verschalungen angebracht, und über ihnen ist oben im Korridor ein Gitter, damit Luft hinzu kann."

„Wer ist denn auf die Idee gekommen?"

„Das Fräulein selbst", murmelte Herr Albrecht.

„Ach ja", fügte seine Frau säuerlich hinzu, „für alles, was Geld kostet, hat unsere liebe Irene eine große Erfindungsgabe. Ich danke Gott täglich, dass meine lieben Kinder so einfach und anspruchslos sind."

Aus der Ecke des Zimmers, wo die Schätze der Südsee lagen, schallte lautes Gelächter; dazwischen schalt Irene.

Auf einer Etagere waren Muscheln und Korallen gehäuft. „Sie haben noch keinen rechten Platz", erklärte das junge Mädchen. „Diese entzückende Perlmuttermuschel wollte ich mir eigentlich als Schmuckschale fassen lassen. Und diese weißen Korallen lassen sich zu einem Stück vereinen, wie ein kleines Riff. Seht ihr! So! Dann bleibt in der Mitte ein Raum, groß genug, um einen Blumentopf darin zu verbergen. Onkel hat gerade eine neue Orchidee in Blüte, grün und weiß marmoriert, mit purpurnem Helm. Wie ein Stück Märchen muss es aussehen. wenn die fremdartigen Blüten zwischen dem hellen Spitzenwerk der Steine herauskommen. Was meinst du dazu, Malwine?"

„Gott ja, Irene, wie du dir bloß so was ausdenken kannst. Wer soll denn das machen?"

„Rampendahl auf dem Neuen Wall. Der kann das."

„Er soll aber grässlich teuer sein. Na ja, das ist dir natürlich egal. Was ist denn dies? Auch so was Fremdländisches?"

„Das sind Muschelketten. Bernhard, wo willst du denn damit hin?"

„Fräulein Agathe! Wo ist Fräulein Agathe? Ach, da sind Sie ja. Sehen Sie, ich wollte Ihnen doch noch das Kostüm zeigen; hier ist es!"

„Wo denn?"

„Nun hier."

„Aber das sind doch nur ein paar Ketten. Wo ist denn das andere?"

„Das andere? Ach so, Sie meinten, es gebe noch mehr? Ja, wissen Sie, von unserm Gesichtspunkt aus ... Aber die Leute da sind noch sehr bescheiden und anspruchslos, und dann bei der Hitze ... Man kann es ihnen wirklich nicht übelnehmen."

Agathe Albrecht wollte empört sein, fand es dann aber besser, in die allgemeine Heiterkeit einzustimmen.

Irene nahm ihre Ketten energisch an sich und rief nach ihrem Vetter. „Peter, bitte, reich Agathe deinen Arm und lasst uns in das Wohnzimmer gehen. Rosa steht schon eine ganze Zeit an der Tür und sendet uns Telegramme in der Zeichensprache. Ich glaube, wir sollen Abendbrot essen!"

Während sich alle in die anstoßenden Räume begaben, wo Lorenz mit dem Mädchen kalte Speisen und Bier herumreichte, trat Hans Marung zu Irene, die ihre Kostbarkeiten ordnete.

„Ich danke Ihnen, dass ich heute noch Ihr eigenes Reich kennengelernt habe."

„Gefällt es Ihnen?"

„Es ist wie Sie selbst, hell, schön und vornehm."

Eine Stille entstand, sie hätten sich in diesem Augenblick so viel sagen mögen, beiden war ihnen das Herz so übervoll von zärtlicher Sehnsucht, aber die Sekunden flogen, und keiner fand das rechte Wort.

Endlich sagte Marung, was sie am wenigsten erwartet hatte: „Schmidt hat in der letzten Woche Wohnungen für mich gesucht. Eine am Pferdemarkt schien ihm geeignet zu sein. Ich will morgen hin und sie besehen."

„Sie wollen fort?" Der unerwartete Schreck machte sie blass.

„Ich habe hier nun bald fünf Wochen Gastfreundschaft genossen und mich so erholt, dass ich wieder an die Zukunft denken kann."

„Wollen Sie Ihre Praxis schon wieder aufnehmen?"

„Erst möchte ich, nachdem ich mir eine Wohnung besorgt habe, für einige Wochen nach Nauheim und vielleicht hinterher an die See. Dehnicke riet auch dazu, damit die nervösen Herzstörungen ganz beseitigt werden. Es lässt sich jetzt machen, er kann mich bis zum ersten Juli vertreten. Nachher geht er nach Göttingen."

Während er sprach, stand sie mit gesenkten Lidern, und die Farbe kam und ging in ihrem Gesicht. „Nun wird er mir sagen, dass er mich liebhat", dachte sie, „nun muss er es mir sagen", aber das ersehnte Wort blieb aus.

Sie traten zu den übrigen, und Peter Vermähren, der ihnen in heimlicher Spannung entgegenblickte, erkannte an Irenes Gesicht, dass eine Entscheidung noch nicht erfolgt war.

10.

Drei Tage später siedelte der Doktor in sein eigenes Heim über. Sein Abschied von dem Vermähren'schen Haus war sehr herzlich; er versprach, sich nach seiner Nauheimer Kur bald sehen zu lassen, doch zu einer Aussprache zwischen ihm und Irene war es nicht gekommen. Ja, es wollte ihr sogar scheinen, als wenn er in den letzten Tagen jede Gelegenheit zu einem Alleinsein mit ihr sorglich vermied.

Frau Albrecht, die sich am Tage nach seinem Fortgang bei ihrer lieben Freundin einfand, konnte es sich nicht versagen, ihr herzliches Bedauern darüber auszusprechen, „dass es mit unserer lieben, guten Irene einmal wieder nichts geworden sei."

Frau Konsul kam nachher ganz aufgelöst vor Erregung in das Zimmer ihres Mannes. „Paul, sag mir bloß, hast du was davon gemerkt? Irene und Marung! – Ja. – Und mir sagst du kein Wort! Und ich hoffte immer noch, dass Egon ..."

„Liebe Anna, darauf dürfen wir wohl nicht mehr rechnen."

„Dieses merkwürdige Mädchen! Kein Wort hat sie mir davon gesagt, dass sie ihn liebt. Andere sprechen doch vorher über so was mir ihren Müttern, und ich bin nun so lange wie eine Mutter für sie gewesen. – Aber warum haben sie sich denn nicht verlobt? Denn verlobt sind sie noch nicht, das ist ganz sicher. Am Ende wird es doch nichts mit ihnen." Und Frau Konsuls Augen gingen gedankenvoll in die Ferne, sie war schon wieder bei ihrem Luftschloss und baute daran mit „Wenn's" und „Abers" weiter.

Als Lorenz die Sachen des Doktors packte, zog er auch die Schublade des Nachtschränkchens auf, um das Morphiumfläschchen und die Spritze einzuwickeln. Plötzlich gab es ihm einen Stoß. Die Flasche war kaum mehr zur Hälfte gefüllt. Er hielt das Glas gegen das Licht, untersuchte den Verschluss, prüfte die Schublade, nein, ausgelaufen konnte nichts sein.

Kopfschüttelnd legte er es in den Koffer. „Also darum war er die letzten Tage so alert. Und ich hab dem Fräulein Levermann das ganz bestimmt versichert, er nimmt keins mehr."

11.

Fast zwei Monate waren vergangen. Irene hatte zum ersten Mal in ihrem jungen Leben Furcht und Hoffnung in schnellem Wechsel kennengelernt. Als Marung vor seiner Reise an die Alster kam, um Adieu zu sagen, war sie nicht zu Hause gewesen.

Zweimal kam von Nauheim ein liebenswürdiger Brief an den Konsul mit herzlichen Grüßen für „die Damen des Hauses", dann folgte ein wochenlanges Schweigen.

„Wenn er wiederkommt", tröstete sie sich und zählte die Tage. Dann kamen Furcht und Zweifel. – Man wusste in ganz Hamburg, dass der junge Arzt wochenlang Gast des Vermähren'schen Hauses gewesen war, und da er eine der begehrtesten Partien war, beschäftigte sich die Gesellschaft lebhaft mit seinen Angelegenheiten. Und Irene musste, wohin sie kam, so viele Fragen und mehr oder weniger zarte Anspielungen über sich ergehen lassen, dass es in ihr kochte.

„Mir kannst du es doch sagen, ob ihr verlobt seid?", sagte Agathe Albrecht.

„Gewiss, liebste Agathe, mit tausend Freuden. Wir sind nicht verlobt."

„Ich konnte es mir auch nicht denken. Wenigstens hättest du mir leidgetan. Wer weiß, ob er ganz gesund wird. Und sie reden auch so viel über ihn ..."

In Irene zuckte es auf, aber sie beherrschte sich.

„Die Menschen müssen immer reden."

„Gott ja, das ist wahr. Du glaubst, da nicht dran, nicht?"

„An dummes Gerede? Nein."

„Ich meine, was sie von Doktor Marung sagen."

„Mir hat keiner was erzählt."

„Nichts von Frau Doktor Gastheimer? Ich bitte dich, dies weiß doch die ganze Stadt. Alle haben gedacht, sie würden sich verloben, sie soll sich schon ganz so gehabt haben, als wäre sie seine Braut. Mit einem Mal war es alle. Therese Lübbers meint, sie wäre überhaupt sehr entgegenkommend gegen Herren, und er hätte nie wirklich daran gedacht, sie zu heiraten. Und von Lisa Mohrmann hast du auch nichts gehört? Die soll schrecklich in ihn verliebt sein. Ich war mal früher mit ihm auf einem Ball, da waren die Damen alle ganz verrückt."

„Sie sollten sich schämen."

„Findest du nicht auch, dass er süß aussieht? Lene Meiersohn sagt immer: Wie ein Römerkopf aus Bronze, bloß, dass er einen Schnurrbart hat. Dein Onkel Beier sagte neulich, er könnte es den Damen gar nicht verdenken, wenn sie jetzt alle ins Krankenhaus gingen. Von solchem hübschen Arzt behandelt zu werden, müsste das reine Vergnügen sein."

In hellem Zorn kam Irene von diesem Besuch heim. Ihr Vetter war im Garten und sah auf den ersten Blick, dass ihr Herz zum Überfließen voll war.

Er brauchte nicht lange zu fragen.

„Dies Getratsch und Geklatsch, Peter, es ist niederträchtig. Was hab ich ihnen denn getan, dass sie immer bohren und sticheln müssen? Ob ich jemand gern hab oder nicht, das ist doch meine Sache."

„Du sprichst von Marung?"

Ja, Peter. Vor dir will ich auch gar kein Geheimnis daraus machen, du hast es ja doch gemerkt. Und du bist ein so lieber, stiller, verschwiegener See, – dir kann man alles anvertrauen. Peter, sie sagen … nein, es ist widerlich."

Sprich dich aus, nachher bist du es los."

„Als wenn er ein Frauenjäger wäre, so reden sie; einer, der junge Mädchen ins Gerede bringt und dann nicht Ernst macht. Glaubst du so etwas von ihm?"

„Nein, Irene."

„Kennst du eine Frau Doktor Gastheimer?"

„Die war gemeint? So, so."

„Peter, unk nicht so geheimnisvoll, das kann ich nicht leiden. Du musst mir jetzt alles sagen. Was hast du davon gehört?"

„Er soll eine Weile stark in ihren Netzen gelegen, sich aber noch zur rechten Zeit frei gemacht haben."

Irene fühlte einen scharfen Schmerz am Herzen.

„Was ist sie für eine Frau?"

„Ich kenne sie nicht persönlich. Sie galt für hübsch und kokett, eine sogenannte Herrenschönheit. – Mein

Gott, Kind, du siehst ja ganz weiß aus, wie kannst du dir das so zu Herzen nehmen! Glaubst du denn, ein Mann wird über dreißig Jahre alt, ohne einmal sein Herz zu verlieren?"

„Nein, nein. Nur, wenn sie nun wirklich unglücklich durch ihn geworden ist?"

„Ach, das ist ja Unsinn. Solche Frauen werden nicht unglücklich durch eine Enttäuschung. Rede dich nicht in romantische Geschichten hinein, dazu ist gar keine Veranlassung. Marung ist ein Ehrenmann durch und durch, und wer dir was anderes vorredet ... Welche liebenswürdige Freundin hat dir denn überhaupt den Star stechen wollen?"

„Agathe Albrecht, du glaubst nicht, wie sie war, Peter. Ich hätte das gar nicht von ihr gedacht. Sie tut immer, als wenn sie kein Wässerchen trüben kann, aber ich glaube, im Grunde drehen sich all ihre Gedanken um Herren und Heiraten."

„Das glaube ich auch."

„Ja? Wirklich? – Warum lachst du so? Ach, natürlich lachtest du eben. Peter, Peter, ich bitte dich, hat sie dich erobern wollen? Wahrhaftig? Ach du, das ist ja einfach himmlisch. Wie hat sie das denn angefangen?"

„Sie interessiert sich plötzlich brennend für die kleinen Malayenkinder und möchte am liebsten Schulen für sie gründen."

„Das hat Bernhard ihr eingeredet. Er ist doch ein Taugenichts. Ach Peter, das tut gut, sich mal allen Ärger ordentlich fortzulachen."

„Und damit du nicht wieder auf solche Gedanken kommst, fahren wir morgen noch Wandsbek."

„Ja, das ist jetzt das Rechte für mich. Hast du da zu tun?"

„Ich habe dem Direktor der Martenthaler Brauerei versprochen, mir einmal den Betrieb anzusehen. Sie denken daran, auch für den Export zu brauen."

„Dann setzt du mich erst bei Herders ab und wir treffen uns nachher im alten Posthaus. Ich war ewig lange nicht draußen."

„Warum denn nicht? Dein Herz hängt doch an Herders."

„Eben darum. Das klingt komisch, aber deine Mutter ist immer ein bisschen eifersüchtig, wenn ich hinaus will. Nicht, dass sie mir etwas in den Weg legt, aber du weißt, wie sie dann sein kann, so sehr steif und kühl: Gewiss, mein liebes Kind, fahre ruhig, wenn es dir Bedürfnis ist.

Ja, ihr denkt immer, ich tu alles nach meinem Kopf. Aber im Grunde bin ich feig, ich kann nicht mit Menschen, die ich lieb hab, in Missstimmung kommen. Du, Peter, wenn ich einmal heirate, mein Mann bekommt an mir eine schrecklich nachgiebige Frau. So, nun muss ich aber endlich ins Haus, sonst denkt Tante, ich bin verloren gegangen."

Es war gut, dass sie den langen warmen Blick nicht sah, mit dem Peter ihr nachschaute.

„Mein Liebling", flüsterte er leise.

Am nächsten Tage fuhren sie nach Wandsbek hinaus, „ihrem Jugendparadies", wie Irene sagte, wenn sie pathetisch wurde. Sie war fünf Jahre lang in der Herderschen Schule gewesen, da ihre Mutter mit der Vorsteherin befreundet war. Auf ihrem letzten Krankenlager hatte sie Vermähren gebeten, das Kind dort unterrichten zu lassen. In dem kleinen freundlichen Städtchen hatte sie glückliche Jahre verlebt. Da der tägliche

Schulweg zu weit war, kam sie nur am Sonnabend und während der Ferien nach Hause.

Da es ein Mittwoch und darum keine Nachmittagsschule war, hatte sie sich so eingerichtet, dass sie draußen Mittag essen konnte. Als Peter Vermähren sie vor der Pforte des Schulhauses absetzte, das so gar nichts von einem Schulhaus hat, sondern wie eine freundliche grün berankte Villa mitten im Garten liegt, freute er sich im Stillen über den guten Erfolg seines Rezeptes. Irene sah so sonnig aus wie seit Wochen nicht.

„Also, ich finde dich um fünf im alten Posthaus. Und du, sei nicht böse, wenn es sechs wird. Es wird wohl heute Militärkonzert sein, da langweilst du dich doch nicht."

Gutmütig nickte er. „Lass dir nur Zeit, wenn wir zum Tee zu Hause sind, ist es früh genug."

12.

Während Irene auf der großen Veranda im Kreise der Lehrerinnen Kaffee trank, jagte ein Coupé vorüber.

„Bei Thodes muss es schlecht gehen", sagte die Vorsteherin. „Dr. Dehnicke war gestern da und fährt eben schon wieder hin."

„Wer ist krank?", fragte Irene

„Frau Senator. Es sollen Gallensteine sein. Dr. Weiß ist Hausarzt und hat Dehnicke zugezogen. Sie soll operiert werden und will nicht."

„Ist Grete zu Hause?"

„Sie ist vor vierzehn Tagen von Travemünde nach

Hause gerufen worden. Ihr habt euch wohl lange nicht gesehen?"

„Im Winter zuletzt. Die Wege sind so weit."

Senator Thodes Besitz lag ebenso wie die Schule in der Claudiusstraße, aber weit draußen zwischen Wiesen und Kornfeldern und Heide, wo einsame, buschbegrenzte Redder hinausgingen zu fernen Dörfern und zwischen Ginster, Heidekraut und Jelängerjelieber der alte graue Riesenstein lag (oder liegt er noch da?), den die Kinder den Opferstein nannten, und der so kantig und hart aus all der blühenden Wildnis hervor sah, dass man es ihm wohl zutrauen konnte, er habe einst Menschenblut getrunken.

Ein großer Park mit uralten Bäumen umschloss das Thode'sche Wohnhaus, das nach Art der alten Landhäuser angelegt war, ohne Rücksicht auf Platz, mit riesiger Diele und breiten Treppen, die Zimmer nicht sehr hoch aber wie kleine Säle.

Mit der jüngsten Tochter des Hauses hatte Irene die Schule besucht. „Ich will nachher doch einmal hingehen und mich erkundigen, wie es geht. Wenn Grete hört, dass ich hier gewesen bin, vergibt sie mir sonst nicht."

In dem Doktorwagen hatte Marung neben Dehnicken gesessen. Er war am Abend vorher zurückgekommen und fand in seiner Wohnung einen Brief des Kollegen, in dem derselbe ihm mitteilte, er werde ihn am nächsten Morgen zu einer Konsultation abholen.

Marung kannte den Senator und seine Familie. „Die gute Dame", erzählte Dehnicke unterwegs, „hat eine unheimliche Angst vor dem Messer. Sie ist keinem vernünftigen Zureden zugänglich."

„Und es muss sein?"

„Vielleicht nicht heute oder morgen, aber jedenfalls sind die Steine auf andere Weise nicht mehr zu entfernen."

„Ist bereits Fieber?"

„Bisher nicht, aber wahnsinnige Schmerzen. Sie hat auch nichts mehr zuzusetzen. Na, Sie kennen sie ja. Haut und Knochen, weiter nichts. Ich hab ihr alles vorgehalten, dass sie gar nichts fühlen würde im Chloroform, dass sie immer schwächer würde, wenn sie sich nicht bald entschlösse. Zuletzt erklärte sie: ‚Bringen Sie mal Doktor Marung mit. Wenn der es auch sagt, will ich es mir überlegen'."

Der Wagen fuhr durch die kiesbestreuten, baumbeschatteten Wege des Parks dem Hause zu. Als die Ärzte ihn eine Stunde später wieder bestiegen, geleitete der Senator selbst sie vor die Tür.

„Also, wenn die Operation notwendig werden sollte, Herr Doktor", wandte er sich an Marung, „denn habe ich Ihr Wort, dass Sie dieselbe vornehmen werden."

„Selbstverständlich, Herr Senator, ich habe es ja bereits Ihrer Frau Gemahlin versprochen."

„Sie haben sich ganz erholt, Herr Doktor?"

„Über Erwarten gut. In 8 bis 14 Tagen werde ich meine Praxis am Krankenhause wieder aufnehmen."

„Diese Operation wird eine Ihrer ersten sein", meinte Dehnicke, als der Wagen sich in Bewegung setzte, „es kann nach meiner Ansicht sich nur noch um ein kurzes Hinausschieben handeln."

„Möglich, obgleich ich Fälle weiß, wo selbst bei einem so ernsten Auftreten der Krankheit noch Monate vergingen, eh es zum Äußersten kam. Frau Senator ist bei all ihrer Elendigkeit zäh, und …", er brach plötzlich ab und beugte sich schnell zum Fenster vor.

Irene ging die Straße hinauf, die der Wagen eben kam. Der Doktor drückte auf den kleinen Gummiball, der dem Kutscher das Signal zum Halten gab.

„Was ist los? Haben Sie etwas vergessen?"

„Nein, – ja, das heißt: Ich habe etwas verloren."

„Wir können ja umkehren."

„Meinetwegen nicht. Sie müssen doch um sechs im Krankenhaus sein. Es ist mir auch ganz gut, ich gehe noch ein wenig bei dem schönen Wetter und fahre nachher mit der Pferdebahn zur Stadt. Adieu, Kollege. Adieu." Dehnicke schüttelte erstaunt den Kopf. Die Pferde zogen an. Marung stand auf dem Damm und seine Augen suchten die geliebte Gestalt. Sie war schon gut hundert Schritt vor ihm, und er zweifelte nicht, dass der Thode'sche Besitz ihr Ziel sei. Rechts und links der Straße lagen keine anderen Häuser mehr. So schnell wie möglich folgte er ihr, aber noch hätte er sie nicht erreicht, wenn sie nicht, in Gedanken versunken, langsam gegangen wäre.

Auch am Herder'schen Kaffeetisch war sie mit dem interessanten Gast ihres Onkels ein wenig geneckt worden, und hier, wo sie wusste, dass jede kränkende Absicht fern lag, hatte es sie nicht verletzt. Aber sie hatte sich Mühe geben müssen, heiter und unbefangen zu antworten, und das Gespräch auf ein anderes Gebiet zu lenken. Sobald sie jedoch die Pforte hinter sich geschlossen hatte, waren ihre Gedanken wieder bei dem, der sie seit Monaten unablässig beschäftigte. Sie hatte wohl bemerkt, dass das Coupé an ihr vorbeifuhr, aber nicht hineingesehen. So hatte sie keinen Arg, als hastige Schritte hinter ihr her kamen. Nur fiel ihr auf, dass der Gang etwas Ungleichmäßiges hatte, ein

Schritt kam schneller als der andere, als schone der Gehende sein eines Bein. „So ging Marung", dachte sie, „er kann es doch nicht."

Mein Gott, ich werde noch ganz wunderlich. Überall meine ich, ihn zu sehen und zu hören, aber dabei lauschte sie mit klopfendem Herzen auf den Ton. Jetzt musste er ganz dicht hinter ihr sein! Sie wollte sich nicht umsehen, nein, sie wollte nicht. Wer würde es denn sein? Sicher der alte Sonneborn, der die Straßen fegte. Natürlich der, der war ja so alt, der humpelte sicher schon. Jetzt war sie am Thode'schen Eingang; sie ging hinein und die dummen Ideen blieben auf der Straße. Doch dabei war eine unsichtbare Macht hinter ihr, die zwang ihren Kopf zur Seite, ein wenig, noch ein wenig mehr.

„Irene!" Wie ein Schlag fuhr es durch sie hin, sie flog herum; mit stockendem Atem, mit weit geöffneten, strahlenden Augen,

„Du, ach du!"

Später neckte Marung sie gern, dass wohl selten ein Brautpaar so wenige Worte zu seiner Verlobung nötig gehabt habe.

Arm in Arm gingen sie die stille Straße hinauf zwischen Holz und Wiesen, hinein in den einsamen Redder; der so voll Sonnenlicht und Sonnenwärme war, dass sein grüner Sandweg wie Goldstaub leuchtete, und die zierlichen Eidechsen auf den Feldsteinen regungslos in Glanz und Glut lagen.

„Sieh", sagte Irene, „die sind die Ersten, die mir Glück wünschen. Ich hab sie als Kind hier oft belauert und nach winzigen Krönchen auf ihren Köpfen gesucht. Aber die ließen sie wohl vorsichtigerweise zu Hause."

„Was wolltest du denn mit solcher Krone anfangen?"

„Sie sollte mir Glück bringen."

„Warst du denn unglücklich als Kind? „

„Nein", sagte sie nachdenklich, „unglücklich bin ich nur einmal gewesen, als meine Mutter starb. Aber mit zehn Jahren währt das Unglück nicht lange, und dann kam so viel Liebe und Güte und Freundschaft. Ich bin eigentlich, wenn ich es bedenke, ein zu glücklicher Mensch gewesen; mir hat sich nie ein Wunsch versagt. Und nun ist mir noch das Höchste gekommen, so ganz als freies Himmelsgeschenk, ohne mein Zutun, deine Liebe! Ist es nicht zu viel für ein einziges Menschenkind?" Sie setzten sich auf den alten Opferstein, der heute so begraben war in Jelängerjelieber, dass ganze Duftwolken als süßer Opfergeruch zur Sonne emporstiegen. Hans Marung schlang den Arm um die Geliebte. Sie nahm den Florentiner vom Haar und legte den blonden Kopf glücklich lächelnd an seine Schulter.

„Nun muss ich dich etwas fragen."

„Frag, mein Liebstes."

„Warum hast du mir kein Wort gesagt, ehe du gingst? Konntest du mir diese Wochen nicht ersparen?"

„Hast du unter meinem Schweigen gelitten?"

„Ja, sehr."

Sein Gesicht wurde ernst. „Das tut mir von ganzem Herzen leid, Geliebte. Du konntest doch keinen Zweifel haben, dass ich dich liebte. Und dann musstest du auch fühlen, was der Grund war, der mich zum Schweigen zwang. Oder war das nicht klar?"

Sie schüttelte den Kopf. „Warst du…", die Stimme

stockte. „Hans, die Menschen ... sie redeten so viel. Warst du gebunden?"

„Gebunden?"

„An eine andere? – Wie siehst du mich an? Mein Gott, ich hab dich nicht verletzen wollen, wahrhaftig nicht. Du weißt ja nicht, wie sie alle gesprochen haben, und wie das für mich war, dann immer lachen zu müssen, und so zu tun, als ob es mich alles nichts anginge. Hans, liebster, bester Hans, bist du mir böse?"

„Nein, mein Herz, dir nicht. Du hast vielleicht zu solchem Glauben kommen müssen. Was haben die Menschen dir gesagt?"

„Ach, lass es ruhen, das ist nun je alles einerlei."

„Nein, jetzt musst du mir 's sagen, das bist du mir schuldig."

„Bist du immer so starrköpfig?"

„Wenn es sich darum handelt, Klarheit zwischen dir und mir zu schaffen, werde ich es immer sein. Also, mein Herz."

„Sie sagten, deine Neigung gehöre einer andern."

„So! Nannten sie auch Namen?"

„Ja, einen."

„Und der war?"

„Frau Doktor Gastheimer."

Es war ein Weilchen still. Dann sagte Marung ruhig: „Ich hätte mir das sagen können. Die lieben Nächsten sind nie so eifrig beim Werk, als wenn es gilt, zwei Menschen auseinanderzureißen."

Irene hob den Kopf und sah ihn fest in die Augen.

„Sag mir die Wahrheit. Hast du sie sehr geliebt?"

„Geliebt, nein. Aber sie bedeutete eine große Gefahr für mich."

„Kannst du mir das nicht erklären?"

„Ich muss wohl, damit du ein andermal vor solchem Misstrauen sicher bist. Die betreffende Dame ist eine sehr elegante, sehr kluge und sehr gewandte Weltdame. Nicht besonders schön, aber interessant. Ich begegnete ihr viel in Gesellschaft und unterhielt mich gern mit ihr. Mein Herz war nicht beteiligt. Dann verstand sie, mich zu reizen, sie kokettierte mit mir in einer geradezu raffinierten Weise, ich glaubte mich geliebt. Irene, ich möchte nicht weiter darüber sprechen. Bald genug kam ich zu der Einsicht, dass eine Verbindung nicht mein Glück bedeuten würde, aber ich hielt mich für gebunden, obgleich das entscheidende Wort noch nicht gesprochen war. – Ich habe einmal als Student etwas erlebt, das hat mich im Verkehr mit Frauen sehr vorsichtig und gewissenhaft gemacht. – Dehnicke ist es gewesen, der mir die Augen öffnete. Die Dame schwankte damals noch zwischen mir und einem Wandsbeker Ulanenoffizier, der zwar kein Vermögen, aber einen alten Namen hatte. Die Aufklärung kam gerade zur rechten Zeit, und ich glaubte, Frau Doktor wird auch nicht darüber im Zweifel sein, warum ich sie von da an mied. Nun weißt du, was war. Bist du beruhigt?"

Sie legte die Arme um seinen Hals und küsste ihn.

„Verzeih mir."

„Ich habe nichts zu verzeihen. Wenn du meine Gründe nicht ahntest, war es ja ganz natürlich."

„Willst du sie mir jetzt nicht sagen?"

„Ich war ein kranker Mensch, und ich fürchtete es zu bleiben. Durfte ich dich da an mich binden?"

„Ja, das durftest du, tausendmal durftest du es. Nein, darauf kam ich nicht, Ach du, du, hieltest du mich für so klein, dass ich nur gute Tage mit dir teilen wollte und nicht auch die schlimmen? Gerade, wenn du nicht ganz gesund geworden wärest, hättest du mich doppelt nötig gehabt. Hast du dir das nicht gesagt?"

„Mein liebes, geliebtes Mädchen! – Ich habe auch nicht gezweifelt an deinem Opfermut. Aber du weißt nicht, wie schwer die Last geworden wäre."

„Ich habe gesunde Schultern, Hans. Mein Leben lang habe ich nichts schleppen müssen, es wäre mir vielleicht ganz heilsam gewesen, ich hätte auch mal ein bisschen Last kennengelernt."

Ein bisschen Last, dachte Marung und lächelte. Was wusste dies sonnige, glückstrahlende Geschöpf, von dem, was er gefürchtet hatte. „Gott gebe, dass ich es nie sein werde, der dir eine Last auflegt", sagte er zärtlich. „Was in meiner Macht steht, will ich gewiss tun, dass kein Schatten in dein Leben fällt."

13.

Bernhard Schmidt kam vom Rathausmarkt und bog in die Alsterarkaden ein, als er vor sich eine Dame sah, die veranlasste, seinen Schritt zu beschleunigen. – Es war Sonntagvormittag, strahlend schönes Wetter, und er war im Begriff, mit dem Dampfboot zu Vermährens zu fahren. Wenn die Dame vor ihm Klara Levermann war, hatten sie wahrscheinlich denselben Weg.

Er hatte sie vorher nur in dunklen Kleidern gesehen, heute trug sie der sommerlichen Temperatur gemäß ein rosa Jaconnetkleid, sehr einfach im Schnitt. – Schmidt verstand sich darauf, aber es gab ihrer Erscheinung eine Jugendlichkeit, die sonst fehlte, und das hatte ihn einen Augenblick zweifeln lassen.

Dann war er seiner Sache sicher. Diese etwas steife Haltung in den Schultern, der schnelle, feste Schritt und vor allem der dicke Kranz aschblonder Flechten, der auf einem zierlichen Kopf erdrückend ausgesehen hätte, das ließ keinen Zweifel. Jetzt bog sie in den Jungfernstieg, überschritt den Fahrweg und ging auf den Alsterpavillon zu, neben dem die kleinen neuen Dampfer liegen.

„Nun wird 's nett heut draußen", dachte er und leugnete es sich selbst gar nicht ab, dass es ihm bei dem Gedanken, den Tag mit Klara Levermann zu verleben, warm um das Herz wurde.

„Guten. Morgen, Fräulein Levermann. Ja, ich bin auch schon wieder auf demselben Wege. Was soll man Besseres mit seinem Sonntag anfangen? Kommen Sie, wir setzen uns auf die Bank hinter der Kajüte. Ein bisschen unglücklicher Zugang, aber man sitzt dann wenigstens in der frischen Luft. Was sagen Sie zu dem göttlichen Wetter? Heut wird Freund Peter wohl nicht frieren und sich zu seinen Insulanern da unten sehnen. Warum freuen Sie sich so? Hab ich mal wieder immerzu ohne Interpunktion geredet, wie Marung sagt? Ja, Sie müssen Nachsicht mit mir haben. So Junggesellen, die sich immer selbst überlassen sind, verwildern in ihren Manieren. Für wen sind die schönen Rosen, die Sie in der Hand haben?"

„Für Irene."

„Aber ich bitt Sie, die hat ja selbst den ganzen Garten voll."

„Das ist richtig, aber mit leeren Händen mochte ich nicht kommen. Und was kann man einer Braut besseres bringen als Rosen?"

„**Was?**" – „Haben Sie das noch nicht gewusst? Ich dachte, da Sie auch hinausfahren ..."

Schmidt schüttelte stumm den Kopf. „Jetzt bloß keine dumme Frage tun", dachte er, und sah seine Nachbarin verstohlen an. War es doch Marung? Aber, ob Klara dann so unbefangen ausgesehen hätte. Er hatte einen gewissen Verdacht, den er nicht loswerden konnte. „Ihnen ist vor Erstaunen die Sprache wohl vergangen", neckte sie. „Sonst könnten Sie mir wenigstens gratulieren."

„Ihnen? Mein Gott, Sie haben sich doch nicht auch verlobt?"

„Ach nein, ich denke nicht an solche Torheiten. Aber da Hans mir gut wie ein Bruder ist, nehme ich gern einen Glückwunsch zu der reizenden Schwägerin an."

„Also doch, Marung! – Armer Peter; na, nun musst du dich finden." Schmidt wurde wieder sehr aufgeräumt und als sie unter der Lombardsbrücke durchfuhren, machte er Klara den Vorschlag, Hans Marung als Bruder abzusetzen und ihn dafür anzunehmen:

„Von dem haben Sie künftig doch nichts mehr."

„Wer sagt Ihnen das?"

„Bräutigame sind für ihre Mitmenschen verlorene Geschöpfe. Jagen Sie ihn nur aus dem Heiligen in den Vorhof, er verdient es nicht besser."

„Was meinen Sie damit nun wieder?"

„Entschuldigen Sie, das können Sie natürlich nicht verstehen. Ich denke mir nämlich das menschliche Herz so in der Art, wie die alten Juden ihren Tempel hatten. Im Vorhof läuft allerlei Volk herum, das sind die sogenannten Bekannten und Verwandten. Da geht es ziemlich gemischt zu, und hin und wieder wird mal ein Schub hinausgesetzt. Im Heiligen sind die Priester, die Auserwählten, da hat bei Ihnen bisher auch Ihr Vetter gesessen, und in das Allerheiligste geht nur der Hohepriester, – bei uns Männern ist es natürlich eine Hohepriesterin. Wer diese hohe Stellung bei Ihnen innehat ..."

„Sie ist vakant. Ich bin als Hamburgerin stark demokratisch und nicht für die Vorherrschaft eines Einzelnen."

„Was ich verpflichtet bin, zu glauben!"

„Das können Sie natürlich halten, wie Sie wollen",

„Ach bitte, seien Sie wenigstens heute nicht stachlig. Dazu ist der Tag zu himmlisch schön. Ich verspreche Ihnen auch, mich so artig und nett zu benehmen, wie ein frisch gewaschenes Pensionsmädchen."

„Das können Sie ja gar nicht",

„Unter Ihrer schwesterlichen Leitung bin ich zu allem fähig. Die Vortrefflichkeiten meines Charakters haben nur zu lange brachgelegen, sie sind noch außerordentlich entwicklungsfähig. Wollen Sie mich wirklich nicht zum Bruder?"

„Ich will es mir überlegen, einstweilen genügt mir die neue Schwester."

„Sie haben Irene gern?"

„Ja, sehr gern. Sie ist ein Menschenkind, dessen Liebenswürdigkeiten man nicht widerstehen kann."

Schmidt nickte: „Ich kenne sie schon, seit sie eine kleine Krabbe war. Wenn wir als Jungens draußen bei Thodes waren, ... Sie kennen Thodes doch?"

„Tut mir leid, in Senatorenkreisen verkehrte ich bisher nicht.

„Womit Sie im Allgemeinen nicht viel verlieren. Aber da in Wandsbek – das war doch wundervoll.

Wenn wir da durch das Gehölz und die Wiesen jagten, Fred und Greta Thode, Peter, Irene und ich, keinen Graben unversucht ließen, auf alle Bäume stiegen, die Kühe wild machten, über den Bahndamm kletterten, bis der alte Bahnwärter an der Claudiusstraße angejagt kam und schrie: „Täuwt ju Rackers, ick krieg jug doch noch eins tau faten", – Sie glauben nicht, wie famos das war."

„Ich kann mir lebhaft das Glück vorstellen, von einem Bahnwärter verfolgt zu werden." Sie lachten beide, dann deutete Klara hinüber zur Anlegebrücke. „Wir werden erwartet, da steht das Brautpaar."

An diesem Abend fuhr Klara nicht mit zur Stadt zurück, auf Irenes dringendes Bitten blieb sie die Nacht draußen, Sie lag schon im Bett, als es klopfte und die junge Braut noch einmal eintrat.

„Darf ich dich noch überfallen? Den ganzen Tag hab ich kaum ein paar Worte in Ruhe mit dir sprechen können. Was man für ein wichtiges Wesen wird, wenn man sich verlobt hat. Jeder hat fortwährend etwas, was man ganz allein entscheiden muss. Ach, du Klärchen, eigentlich hat es doch etwas Niederschmetterndes, dass erst die Auszeichnung, von einem Manne begehrt zu sein, uns solchen Glanz verleiht."

„Der Glanz wird noch viel größer werden, sobald eure Verlobung veröffentlicht ist."

„Wir warten nur noch auf Nachricht von Hans' Vater. Morgen oder übermorgen hoffen wir auf einen Brief."

„Also das hat Hans für nötig gehalten?"

„Wie merkwürdig du das sagst. Es ist doch eigentlich selbstverständlich. Klärchen, Liebe, sag mal, da ist irgendwas mit seinem Vater, sie stehen sich nicht nah, nicht wahr? Hans ist so merkwürdig verschlossen darin, und ich mag ihn nicht mit Fragen quälen."

„Mein Onkel hat wenig glücklich mit seiner Frau gelebt, das hat ihn auch den Sohn entfremdet. Er ist eine sehr selbstsüchtige Natur, sehr auf den äußeren Schein, dabei durchaus nicht geneigt, sich selbst irgendwelchen Zwang aufzulegen, sobald es nur nicht an die große Glocke kommt. Jahrelang war das Verhältnis zwischen Vater und Sohn so schlecht, dass sie sich nicht einmal schrieben."

„Das hat mir Hans gesagt. Es sei etwas vorgefallen, aber nicht, was. Weißt du es?"

„Ja."

„Willst du es mir sagen?"

„Er sollte es dir selber sagen."

„Du bist grässlich verschlossen, Klara; bist du immer so?"

„Ich habe ein ziemlich einsames Leben gehabt, davon kommt es. Nur bei Hans' Eltern war ich oft im Sommer, dann waren sie auf Möen. Daher stammt unsere Kameradschaft. Wir sind zusammen durch die Wälder gewandert, haben gesegelt, gefischt …"

„Wie alt wart ihr damals?"

„Ich war in den Jahren von 15 bis 19, Hans ist 10 Jahre älter."

„Dass ihr euch nicht ineinander verliebt habt?"

Über Klaras Gesicht ging ein seltsames Lächeln.

„Ich neige nicht zur Verliebtheit. Und Hans … Ich erinnere mich einer kleinen Szene, als ich 16 war. Wir saßen auf den Klippen, ich hatte eine Unmenge Heide gepflückt und versuchte in einer, bei mir sehr seltenen, poetischen Anwandlung, davon Kränze zu winden. Ich quälte mich tapfer, aber es wurden und blieben Scheusale. Hans saß auf einem Sternblock und amüsierte sich, wie ich mich abmühte. „Gib es auf, Kläre", sagte er zuletzt, „Kränze winden lernst du nicht." Und weißt du, Irene, er konnte nur eine lieben, die das verstand."

„Aber etwas so Unwesentliches ... "

„Du wirst schon verstehen, wie ich es meine. Ich bin der nüchterne Alttag: in seinem schweren Beruf und bei seinem Wesen braucht er jemanden, der ihm den Sonntag ins Haus trägt."

„Nun wirst du doch poetisch."

„Euer junges Glück färbt auf mich ab. So gib mir noch einen Kuss, Irene, und dann gute Nacht. Liebes Schwesterchen du, ja, dir gönne ich ihn!"

14.

Die Wochen gingen hin und wurden zu Monaten. Nachdem die Verlobung veröffentlicht worden und der erste Ansturm der Gratulanten vorüber war, gingen Vermährens nach Travemünde. Es war sonst Sitte, dass sie im Sommer größere Reisen machten, nach Karlsbad, Kissingen, in die Schweiz. Dieses Mal hatte man, des Brautpaares wegen, Travemünde gewählt. Am Sonntag konnte Marung hinüberkommen und sein dringender Wunsch, nicht für 4 bis 6 Wochen ganz von der Braut getrennt zu sein, hatte bei den Reiseplänen den Ausschlag gegeben. Frau Konsul liebte Travemünde nicht, aber sie war zu gutmütig, um sich zu sträuben. Mochten die beiden nur ihr junges Glück genießen, obgleich – es war doch ganz gut, dass Peter mit einem Freund im Schwarzwald war, und diese Sonntage nicht miterlebte. So etwas von Verliebtheit! Mein Gott, sie war doch auch einmal verlobt gewesen, und ihr Mann in seiner feinen, ritterlichen Weise hatte es gewiss an keiner Aufmerksamkeit fehlen lassen.

Aber eine derartige Anbetung, wie Marung sie betrieb! Ja, Anbetung, anders konnte man es wirklich nicht nennen; und eigentlich war es sündhaft! Wenn sich das nur nicht am Ende rächte.

Irene hatte auch keinen anderen Gedanken mehr als den Verlobten. Sie ging einfach in ihm auf. Was Hans tat und sagte, war ein Evangelium für sie.

Wenn die Tante von der Aussteuer sprach, sagte sie zu allem ja, sie, die sonst in allen Dingen nur nach ihrem eigenen Geschmack entschieden hatte. Die beiden lebten in höheren Regionen, und es war gar nicht abzusehen, wann sie einmal wieder festen Boden unter den Füßen bekamen.

Ihr Mann lachte, wenn sie ihm davon sprach: es war ein Glück, das sie sich Klara Levermann für den Travemünder Aufenthalt eingeladen hatte. Das war ein verständiges Mädchen. Etwas reichlich selbständig; schade drum, diese selbständigen Mädchen bekommen so selten einen Mann. Dass sie zum Herbst eine Stelle als Lehrerin angenommen hatte, sagte Frau Konsul nicht zu. Sie hätte es gern gesehen, wenn Klara nach Irenes Verheiratung ganz zu ihr gekommen wäre. Aber die behauptete, sie brauche ihre liebgewordene Tätigkeit wieder. Diese Trägheit während des ganzen Sommers bekäme ihren Nerven nicht.

An einem Sonnabendabend war Marung noch spät in Travemünde angekommen. Er hatte sich hetzen müssen, um alle Arbeit vorher zu erledigen, und kam nur mit Mühe an den Lübecker Zug. Müde und abgespannt erreichte er sein Ziel, und seit Wochen zum ersten Male fühlte er in seiner Hand wieder das schmerzhafte Zucken. Als er mit dem Hotelwagen am Vermähren'schen Hause vorbeifuhr, war alles dunkel und still. Irene erwartete ihn erst am Sonntagvormittag. Am nächsten Morgen, um 6 Uhr, wachte sie auf von einem leisen Geräusch. Feiner Sand flog gegen ihr Fenster. Wer machte den Unsinn? Ob Klara schon unten war? Sie sprang aus dem Bett und steckte den blonden Wuschelkopf hinter dem Rouleau hervor.

Von unten lachten sie zwei glückstrahlende Augen an.

Eine Viertelstunde später gingen die beiden durch die verschlafenen Straßen den Strom entlang, dem Strande zu. Das Meer lag wie ein Spiegel, kein Lüftchen regte sich, es würde ein sehr heißer Tag werden. Aber noch war eine köstliche Frische in der Luft, die jeden Atemzug zum Genuss machte und bis in die feinsten Poren hineindrang mit einem Gefühl von Gesundheit und Kraft.

Marung fühlte seine Hand nicht mehr, ja, er vergaß, dass sie ihm am Abend vorher geschmerzt und allerlei schwere Gedanken wachgerufen hatte. Weit draußen an den Dünen setzten sie sich auf einen alten Granitblock, den einstmals die schwedischen Eisriesen bis hierher geschoben hatten und sagten sich, wie alle Liebenden, von ihrer Sehnsucht und ihrem Glück.

Weit um sie her war tiefe Einsamkeit; kein Mensch weit und breit und kein Laut, wie bisweilen der Schrei einer Möwe.

„Mir ist so feierlich, als müsste ich beten", sagte Irene. „Ach du, weißt du, seit ich deine Braut bin, scheint es mir oft, als sei mein ganzes Leben nur noch ein Gebet. Ein einziger seliger Dank zu Gott für mein Glück und ein Flehen, dass er es mir erhalten möge."

„Wer könnte es dir nehmen, mein Lieb?"

„Ich weiß nicht. Manchmal packt mich die Angst,

„Solche Stimmung sieht dir gar nicht ähnlich. Wenn ich es doch wäre, der derartige Anwandlung hätte."

„Hast du sie nicht?"

„Ich habe einfach gar keine Zeit dazu. Und wenn ich in meinen freien Augenblicken bei dir bin, und dann nicht restlos glücklich wäre, verdiente ich dich gar nicht."

„Restlos glücklich!", sagte Irene nachdenklich, und ein flüchtiger Schatten flog über ihr Gesicht.

„Was dachtest du eben? Dir fehlt doch noch etwas, um ganz zufrieden zu sein, scheint mir. Willst du es mir nicht sagen?"

Sie kämpfte einen kurzen Augenblick. „Ich weiß nicht, ob ich es so sagen kann, wie ich es empfinde, Hans. Mir ist manchmal, als wenn du mir nicht ganz gehörst. Missversteh mich nicht, ich zweifle nicht an deiner Liebe. Aber sie scheint mir oft so äußerlich, so nur für die guten Tage berechnet."

„Was du da sagst, ist recht hart. Hältst du mich für einen oberflächlichen Menschen?"

„Da, nun hast du es richtig falsch verstanden. Nein, für oberflächlich halte ich dich nicht, wahrhaftig nicht, aber für schrecklich verschlossen. Ich denke immer, du liebst an mir nur das Helle, Frohe, das Lachen und Küssen, und meinst, ernste Gedanken könne man nicht mit mir teilen."

„Da tätst du dir selbst sehr unrecht."

„Warum kapselst du dich denn so ein? Warum lässt du mich nie recht hineinsehen in deine Seele?"

„Meine ganze Seele ist jetzt nur voll von dir, mein geliebtes Mädchen."

„Und früher?"

„Hatte ich meinen Beruf."

„Und noch früher?"

„Das klingt nach einer Beichte."

„Ich möchte einmal dein Beichtvater sein. Hans, komm, sei lieb. Ich weiß so wenig von deinem Leben, ich meine von dem, was du innerlich durchlebst, ich weiß nicht einmal, was zwischen dir und deinem Vater gestanden …"

„Also darauf kommt es hinaus!"

„Du sollst es mir nicht sagen, wenn du es nicht willst. Aber was andere wissen …"

„Du meinst Klärchen?"

„Ja"

Marung saß eine Weile still und dachte nach. „Ich dachte, als wir uns verlobten, nun finge ein ganz neues Leben für mich an; alles, was einmal gewesen, sei abgetan. Für mich war es das auch. Dein Leben ist ein unbeschriebenes Blatt, mein Liebling, ich wollte, meines wäre es auch. Aber ich bin schließlich 34 Jahre alt, ich bin wohl eine verschlossene, aber nie eine kalte Natur gewesen.

Ja, vielleicht ist es dein Recht, alles wissen zu wollen: ich wünschte nur, ich könnte es dir sagen, ohne dir wehzutun. Komm, setz dich ganz dicht zu mir." Und so, den Arm um sie geschlungen, die still vor sich niedersah, erzählte er ihr von seiner kleinen Kopenhagenerin, die er nach bestandenem Examen auf Möen kennengelernt, und die ihm nach glücklichen Sommerwochen nach Stockholm gefolgt war, als er dort seine Assistentenstelle antrat.

„Sie war nur ein einfaches Mädchen, Irene, aber sie war ein warmherziges, feinfühlendes Geschöpf. Und ich hatte nicht das Herz, sie zurückzuweisen, als sie mir folgte. So nahm ich ihre Liebe an – nein, ich hatte sie selbst lieb. Sie war gerade zu einer Zeit in mein Leben getreten, wo ich mich einsam fühlte. Die alten Freunde waren in alle Welt zersprengt, Klara in Deutschland, mein Vater ging ganz seinen eigenen Neigungen nach, die mit meinen wenig gemein hatten, und die Mutter war tot. Wenn die gelebt hätte, wäre vielleicht alles anders gekommen. An eine Heirat habe ich nicht gedacht, sie auch nicht, wenigstens beteuerte sie mir es oft genug. Man weiß ja freilich nie, wie es in euch Frauen aussieht. Ich war nur für ein Jahr in Stockholm. Bald nach Weihnachten fuhr ich nach Rostock auf 14 Tage, um mich nach etwaigen Aussichten an der dortigen Universität zu erkundigen. Als ich zurückkam, war Elise verschwunden. Ihre Wirtin erzählte, es sei einmal ein feiner Herr zu ihr gekommen, mit dem sie sehr erregt verhandelt habe. Nachher sei sie ganz verstört gewesen, habe angefangen, ihre Sachen zu packen. Zuletzt sei sie aus dem Hause gerannt. Eine Stunde später ist sie vom Hafenwächter aus dem Wasser gezogen und mit Mühe ins Leben zurückgebracht worden. Drei Tage hat sie im Hospital gelegen, dann hat sie sich von der Wirtin ihre Sachen bringen lassen und ist fortgereist zu Verwandten auf Jütland. Ich stand vor einem Rätsel.

Drei Jahre später hat der Zufall mich mit ihr zusammengeführt, da war sie schon verheiratet. Auf einem Dampfer traf ich sie, wo sie nicht ausweichen konnte. Da hat sie mir das Rätsel gelöst. Der feine Herr war mein Vater gewesen. Gute Freunde hatten ihm von der Kleinen erzählt und durchblicken lassen, die Sache scheine ernst zu sein. Aus Angst, ich könnte eine unpassende Heirat machen, war er zu Elise gegangen und hatte ihr eine namhafte Summe geboten, wenn sie sogleich abreisen würde, ohne mich wiederzusehen. Sie hatte ihn empört zurückgewiesen, bis er ihr erklärte, er käme in meinem Auftrage. Ich wünschte unsere Beziehungen zu lösen, da ich im Begriff sei, mich zu verloben.

Siehst du, das hat mich auf Jahre von meinem Vater getrennt. Ich konnte seine Handlung nicht vergeben."

Es wurde sehr still. Marung wartete auf ein Wort von seiner Braut, aber sie saß mit gesenktem Gesicht, die Hände fest ineinander gepresst, und an dem schweren Heben und Senken ihrer Brust sah er, dass sie sehr erregt war.

„Irene", bat er beunruhigt, „mein geliebtes Herz, sieh mich an." Aber sie senkte den Kopf tiefer, und als seine Hand suchte, ihn emporzuheben, fühlte er heiße Tränen auf derselben. Nun erschrak er wirklich. „Mein Liebling, um Gottes willen, was ist dir? Warum weinst du? Hab ich deine Tränen verschuldet? Sieh mich doch wenigstens an." Langsam hob sie den Blick und versuchte zu lächeln, aber es war ein verzweifelter Versuch, dem nur heißere Tränen folgten.

„Kannst du mir denn nicht sagen, was dich so quält?"

Da brachte sie es endlich mühsam heraus. „Dass eine andere dir so viel gewesen ist."

„Aber sie ist mir gar nicht so viel gewesen! Irene, du willst das doch nicht mit dir vergleichen? Wie kannst du nur. Meinst du, ich hätte mich deshalb mit meinem Vater entzweit, weil er uns getrennt hat? So war es doch nicht, das heißt ... Begreife doch, die Trennung wäre doch erfolgt, früher oder später, aber wie er gehandelt hat, das Falsche, das Niederträchtige dabei, dass er durch seine Lüge das arme Geschöpf an allem irregemacht hat, dass sie ins Wasser gegangen ist, weil sie mich für einen Lumpen halten musste."

Immer erregter sprach er. Irene wehrte leise mit der Hand.

„Ich habe es ganz richtig aufgefasst, aber das ist nun einmal so und lässt sich nicht ändern. Und es müssen wohl alle Mädchen solche Erfahrungen machen, nur ..." Sie schlang plötzlich in ausbrechender Leidenschaft beide Arme um seinen Hals, „Hans, ich habe dich zu lieb, zu wahnsinnig lieb. Ach du, du, mein Glück, mein Abgott, mein Alles, du ahnst es gar nicht, wie ich dich liebhabe. Ich habe ja nie einen andern gerngehabt, nicht die kleinste Schwärmerei, habe ich gehabt, all meine große, heiße Liebe habe ich aufbewahrt für dich. Der ganze Inhalt meines Lebens bist du geworden. Und wenn du der ärmste Mensch wärest, und wenn ich Not und Elend mit dir teilen müsste, wie gern wollte ich es tun, wie gern: Aber lieb müsstest du mich haben, so namenlos lieb, wie ich dich."

„Das habe ich doch!"

Sie schüttelte traurig den Kopf. „Für dich bin ich eine mehr. Nur, weil ich ein Mädchen aus guter Familie bin, machst du mich zu deiner Frau."

Marung war tief erschüttert. So bleich war sie geworden, so trostlos ihr Blick. Er hätte besser getan, zu schweigen, aber wer konnte ahnen, dass sie es so schwer nähme! Sieben Jahre waren seitdem vergangen.

Dann sagte er sich, sie möge wohl recht haben. Sie gab ihm ihre Liebe so ganz und ungeteilt.

„Aber, das tu ich doch auch", rief sein Herz, „das andere war ja gar nicht Liebe."

Sein Verstand entgegnete: „Das versteht sie eben nicht und wünschst du eigentlich, dass sie es verstünde?"

„Nimm sie in deine Arme", riet das Herz, „überschütte sie mit deiner Zärtlichkeit. Erstick all ihre Schmerzen und Zweifel mit deiner Leidenschaft." Und er presste sie an sich und küsste sie mit langen, brennenden Küssen und überschüttete sie mit Liebesworten, doch sie blieb blass und ihre Gestalt zitterte.

„Mir ist, als gehörten deine Lippen nicht mehr mir", sagte sie leise.

Da versuchte er es mit Strenge. „Wenn du mir jene Sache nicht vergeben kannst, Irene, damit muss ich mich dann abfinden. Aber, was du vorhin sagtest, warum ich heiratete und dies eben, das ist eine Beleidigung. Ich meine, an meiner Aufrichtigkeit zu zweifeln. Dazu hast du nie Veranlassung gehabt. Ich hätte ja alles vor dir verheimlichen können, aber ich habe dich so lieb, so über alles lieb, dass ich den Mut hatte, ganz offen zu sein. Und ich meinte, deine Liebe wäre so groß, dass sie volles Vertrauen hätte. Als wir uns verlobten, vielleicht erinnerst du dich, habe ich dir gesagt, ich hatte einmal etwas erlebt, was mich im Verkehr mit Frauen sehr vorsichtig und gewissenhaft gemacht hätte. Glaubst du, es ist ein angenehmes Gefühl für einen anständigen Menschen, sich sagen zu müssen, du hast es nur einem glücklichen Zufall zu danken, dass ein Mensch nicht deinetwegen den Tod gefunden hat? Frage hier in Hamburg, wen du willst, es kann keiner behaupten, ich hätte einem jungen Mädchen Hoffnungen erweckt, die ich nicht erfüllen wollte. Vielleicht bin ich übertrieben zurückhaltend gewesen, bis auf jene Frau, du weißt, wen ich meine, ist es keiner gelungen, mich aus meiner Reserve herauszulocken. Als ich dich kennenlernte, Liebling, Liebling, ich kann dich nicht wieder hergeben. Glaub es mir doch, ich habe ja gar nicht gewusst, was Liebe ist, bis du mein geworden bist. Ich verlöre nicht nur das Beste aus meinem Leben, ich verlöre mein Leben selbst, meine Kraft, meinen Willen, alles. Du weißt gar nicht, was für einen bitteren Kampf mit Schwäche und Krankheit ich um deinetwillen geführt habe, einen verzweifelten Kampf, und wenn mir meine Liebe nicht zur Seite gestanden hätte, ich hätte nicht gesiegt."

Es wurde still zwischen den beiden eine lange Zeit. Endlich hob Irene wieder den Blick. Ihr Gesicht war immer noch still und ernst, aber ihre Augen sahen mit tiefer Liebe in die seinen.

„Vergib mir, Hans. Du hast mir sehr wehgetan, aber ich danke es dir doch, dass du mir nichts verheimlicht hast. Es war auch nur im ersten Schmerz, dass sich alles so aufbäumte in mir. Es war mir so bitter, zu denken, alles, was ich dir gebe in meiner Liebe, ist nichts Neues für dich, du hast das alles längst mit einer anderen durchlebt, die hat dir auch ihr ganzes Leben geschenkt, die hat sterben wollen, um dich. Es wird eine Zeit dauern, bis ich mich damit abgefunden habe; wir wollen solange nicht wieder davon sprechen. Aber nicht wahr, nun gehören wir doppelt fest zusammen? Diese schwere Stunde muss uns doch stärker binden als alle guten, die wir zusammen erlebt haben."

„Das war ein gutes Wort, mein geliebtes Mädchen, das will ich dir nicht vergessen."

Frau Konsul war in großer Erregung, als das Brautpaar an diesem Morgen sehr verspätet zum Kaffee heimkehrte.

„Ich will ja gar nichts sagen, meine liebe Irene, aber so ganz passend kann ich derartige Morgenspaziergänge ..." Da fiel es ihr doch auf, dass die beiden merkwürdig ernste Gesichter hatten. Sie stockte. Um Gottes willen, sie würden sich doch nicht entzweit haben? Aber der Tag verging, und sie fand keine Nahrung für diesen Argwohn, im Gegenteil, es schien, als umhegte der Doktor seine Braut mit besonderer Aufmerksamkeit und Liebe. Und als er gegen Abend nach Hamburg zurückfuhr, küsste er Irene zärtlich in Gegenwart der Tante. Das hatte er bisher wenigstens immer vermieden.

15.

Erst Mitte September kehrte man nach Hamburg zurück. Sofort streckte die Gesellschaft ihre Fangarme nach dem Brautpaar aus. Marung hatte durch seine Stellung und seine Eigenschaft als unverheirateter junger Herr einen großen Kreis von Bekannten, im Vermähren'schen Hause aber verkehrte einfach alles, was zur Hautevolee Hamburgs zählte. Vergebens suchte sich das Brautpaar gegen den Strom von Einladungen zu wehren, es war unmöglich, sich dem Trubel zu entziehen. Fast den ganzen Tag war Marung durch seinen Beruf in Anspruch genommen, oft kam er erst in die Gesellschaften, wenn bereits zu Tisch gegangen war, und Irene musste es sich dann gefallen lassen, als arme, beklagenswerte Braut bemitleidet zu werden. Sie zog sich geschickt aus den Neckereien, aber im Stillen sehnte sie sich schmerzlich nach den stillen Stunden der ersten Wochen zurück. Gelang es einmal einen Abend freizuhalten, so kam sicher Besuch an die Alster, und es fanden sich nur flüchtige Augenblicke des Alleinseins.

Todmüde war Irene oft von der ewigen Unruhe, ihre Nerven, von deren Existenz sie bis dahin nichts gewusst hatte, meldeten sich, und sie stimmte ganz mit dem Verlobten überein, dass sie als Eheleute ihren gesellschaftlichen Verkehr auf das Notwendigste beschränken wollten. Im Mai sollte die Hochzeit sein, Frau Konsul war in fieberhafter Tätigkeit, um die Aussteuer schön und würdig zu besorgen. Im Dezember gaben Vermährens einen großen Ball. Umsonst hatte Irene gebeten, auf denselben verzichten zu dürfen. Frau Konsul hatte es für notwendig gehalten, noch einmal die gesamte verwandte und bekannte Jugend einzuladen.

Einhundertzwanzig Personen. Das Essen von Pforte, die Rosensträuße für die Damen aus Nizza. Trotz des kühlen Wetters wurde im Garten ein Feuerwerk abgebrannt. Die Bäume standen im Raureif und boten in der wechselnden Beleuchtung einen feenhaften Anblick. Marung hatte versprochen, um 7 Uhr draußen zu sein, er sehnte sich, Irene erst eine Weile für sich allein zu haben. Um 6 Uhr war er noch im Krankenhaus und hatte gerade um eine Droschke geschickt, als Lorenz in sein Sprechzimmer kam.

„Herr Doktor, Herr Senator Thode und Doktor

Weiß wünschen Sie dringend zu sprechen."

„Bitten Sie die Herren herein."

Statt um 7 Uhr kam Marung um 1/2 10 Uhr an die Alster.

Das Leiden der alten Frau Senator hatte plötzlich eine sehr ernste Wendung genommen. Doktor Weiß hielt eine Operation bereits am nächsten Tage für notwendig.

„Unter der Bedingung, dass Doktor Marung operiert", hatte sie erklärt, „er hat es mir versprochen."

„Meine Frau ist im Krankenkorb bereits unterwegs", sagte der alte Herr, „wir sind voran gefahren."

Erst nachdem er eine eingehende Untersuchung vorgenommen und mit Lorenz und der Oberschwester alles nötige für die Operation am nächsten Morgen besprochen hatte, konnte er an sich selbst denken. Müde und abgespannt, denn er hatte seit 6 Uhr nichts genossen, kam er draußen an. Irene erschrak, als er eintrat. In seinem Gesicht war der nervöse, gespannte Zug, den sie aus seinen Leidenstagen nur zu gut kannte. Zärtlich trat sie auf ihn zu: „Du kommst spät, mein Hans, haben sie dich heute sehr gequält?" Er konnte nur mit warmem Druck ihre Hand an seine Lippen ziehen, denn schon drängte die Jugend von allen Seiten heran, um den ungalanten Bräutigam wegen seines späten Erscheinens auszuschelten.

Lächelnd verteidigte er sich, aber seine Scherze waren erzwungen, seine Augen lachten nicht mit. „Hoffentlich dauert die Geschichte nicht zu lange", flüsterte er Irene zu, „sonst muss ich vor Schluss fortgehen. Ich muss morgen früh auf dem Posten sein. Um 7 Uhr habe ich mir meinen Wagen bestellt."

Frau Konsul war ganz verstört, als er wirklich mitten im Kotillon aufbrach. „Aber, lieber Marung, was sollen denn die Gäste denken, wenn sie als Hauptperson jetzt schon gehen? Sie haben morgen früh eine schwere Operation? Da wird Sie doch gewiss gern einer von den Kollegen vertreten."

Und als er fest blieb, bedauerte sie Irene. „Du wirst es einmal nicht leicht haben, liebes Kind. Der Mann hat einen harten Kopf, ich hatte das gar nicht so von ihm gedacht."

Ein bleierner Druck lag auf Marungs Kopf, als er sich am anderen Morgen erhob. „Diese ewige Vergnügungsjagd", dachte er gereizt, „das kann ja kein normaler Mensch aushalten." Sein Wagen wartete bereits vor der Tür, im Stehen goss er eine Tasse Kaffee hinunter, brach ein halbes Brötchen ab und lief die Treppe hinab. „Schnell fahren, Somann. Um 8 Uhr müssen wir im Krankenhaus sein."

Die Oberschwester empfing ihn an der Tür. „Gut, dass Sie da sind, Herr Doktor. Frau Senator fragt schon fortwährend nach Ihnen. Sie hat die größte Angst, ein anderer könnte die Operation vornehmen. Es ist wie eine fixe Idee."

„Ich will sofort hineingehen und sie beruhigen."

Zehn Minuten später, während man die Patientin in den Operationssaal trug, trat er in sein Zimmer, wo Lorenz mit dem Putzen von Instrumenten beschäftigt war.

„Einen Augenblick, Lorenz. Ich hab' hier noch zu tun." Der verschwand lautlos.

Hastig trat Marung an ein Wandschränkchen, schloss auf, nahm eine Flasche schweren Portweins heraus und schenkte sich ein. Als er Glas und Flasche wieder fortsetzte, zitterte seine Hand und er spürte ein Schwächegefühl in den Fingern. Schnell schloss und spannte er sie mehre Male mit kräftigem Ruck, da fuhr ihm ein reißender Schmerz bis in die Schulter, und die Hand zog sich im Krampf zusammen.

„So", sagte er ganz laut und wurde dabei weiß bis in die Lippen, „jetzt haben wir die Folgen der ewigen Hetzerei. Und nun operieren!"

Vor der Tür ein leises Räuspern und diskretes Klopfen. „Frau Senator ist im Operationssaal, Herr Doktor."

„Ich komme sofort. Sind die Herren Kollegen bereit."

„Die Herren Assistenzärzte warten, aber Herr Doktor Reimers ist eben fortgeholt. Unten im Lohmühlenweg ist einer vom Bau gestürzt."

Auch das noch. Das war der einzige außer Marung, der die Operation hätte vornehmen können.

„Also dann. Ich komme im Augenblick."

Noch einmal trat der Doktor an den Schrank, öffnete ihn mit der Linken und nahm ein kleines Kästchen und ein Fläschchen mit wasserhellen Tropfen heraus. Wenn Irene ihn in diesem Augenblick gesehen hätte, sie wäre tief erschrocken vor dem schweren Ernst in seinem Gesicht. Aber drüben in dem hellen, kahlen Saale wartete ein Mensch auf Leben oder Tod, und die Entscheidung lag in einer einzigen Hand.

Das ängstliche, erregte Gesicht der Kranken wurde ruhiger, als der Arzt eintrat, noch ein wenig blass, aber lächelnd und zuversichtlich, mit klarem Blick und sicherer Hand.

In den nächsten Tagen redete man in ganz Hamburg von der schweren Operation an Frau Senator

Thode, die so wunderbar glatt und glücklich verlaufen war. Marungs Name war in aller Munde. Er hatte seinem Ruhm ein neues Lorbeerblatt hinzugefügt, mit welchem Preis er es bezahlt hatte, das ahnte keiner.

16.

Der Winter brachte ungesundes Wetter, Nebel, Regen, Schmutz; wenig klare helle Frosttage. Im Februar war so viel Krankheit in der Stadt wie selten. Grippe und Mandelentzündung bei Jung und Alt. Plötzlich brach Diphtherie aus. In den Isolierbaracken des Krankenhauses war bald alles bis auf den letzten Platz besetzt. Marung kam Tag und Nacht nicht aus den Kleidern. Schlimmer noch als in Hamburg selbst wütete die Seuche in den Dörfern um die Stadt und unaufhaltsam kamen die Hilferufe nach dem großen Operateur, der so manches zuckende Kinderkörperchen noch im letzten Augenblick mit seiner sicheren Hand in das Leben zurückführte.

Irene musste sich in diesen Wochen mit brieflichen Nachrichten von ihrem Verlobten begnügen. Er wollte sie nicht der Gefahr einer Ansteckung aussetzen, auch brauchte er die wenigen Augenblicke seiner Zeit zum Ausruhen.

Es war den Kollegen ein Wunder, wie er sich aufrechterhielt. Zwei- oder dreimal allerdings war er so total erschöpft von seinen Landfahrten in das Krankenhaus gekommen, dass es schien, er würde zusammenbrechen. Aber nachdem er sich eine halbe Stunde in seinem Zimmer ausgeruht hatte, war er wieder auf dem Posten gewesen. Allerdings, seine Farbe war schlecht, besonders morgens, das fiel auch Lorenz auf; aber wenn man bedachte, was er durchgemacht hatte, war das ganz natürlich.

An einem kalten Abend, der Wind pfiff schneidend durch die Straßen, kam Marung von Mahlstedt zurück. Man hatte ihn in die Lehrerfamilie gerufen, wo drei blühende Jungen mit dem grausigen Feind rangen. Nur einen hatte er noch retten können, nur einen, und auch den nur, weil er ohne Zögern dem Ruf gefolgt war, obgleich er auch dieses Mal wieder seine Nerven mit dem Gewaltmittel hatte zwingen müssen.

Ach, wie oft war das schon der Fall gewesen in den letzten Wochen. Er kämpfte jetzt auch gar nicht mehr, er griff schon fast mechanisch nach der kleinen Spritze, wenn die Hand sich seinem Willen nicht fügen wollte, und der krampfende Schmerz den Arm zusammenzog. Wenn er vielleicht mit ein paar Tropfen Morphium ein Menschenleben retten konnte, durfte er sich da besinnen? Aber er fing an, seine Hand zu hassen wie einen Feind. Er dachte daran, ob es nicht möglich sein sollte, die Linke so vollkommen auszubilden, dass sie ihm mit derselben Sicherheit gehorchte, wir früher die Rechte. Doch einstweilen blieb zu solchen Versuchen keine Zeit.

So wie jetzt würde es ja nicht bleiben, durfte es auch nicht bleiben, sonst musste er zu Grunde gehen; darüber war er sich klar. Sobald nur diese grauenvolle Epidemie überwunden war, wollte er mit einem Spezialisten in Berlin reden, einem Nervenarzt, der sich als solcher bereits einen großen Namen gemacht hatte.

An diesem Tag war es besonders schlimm gewesen, er hatte eine starke Dosis nehmen müssen, und doch traten auf der Heimfahrt bereits die Reaktionen ein. Obgleich er sich in seine Decke wickelte, schauderte er vor Frost. Der Wind fegte mit solcher Gewalt über die Chaussee, dass er seinen eisigen Atem im Wagen spürte. – Als er nach der langen Fahrt seine Wohnung erreichte, befahl er dem Kutscher, zu warten. Er wollte nur etwas Warmes trinken und dann in das Krankenhaus fahren.

Seine alte Wirtschafterin hatte bereits den Tisch gedeckt und mit allerlei Leckereien bestellt.

„Essen Sie man erst, Herr Doktor, Sie sind ja ganz alle. Das Wasser kocht auch, ich mach Ihnen gleich einen tüchtigen Grog, so einen, der durchwärmt."

„Dann bringen Sie Somann auch ein Glas hinunter, der arme Kerl ist ganz verklamt auf dem Bock."

Somanns breites, rotes Gesicht schmunzelte, als Marung eine halbe Stunde später erfrischt und erwärmt wieder hinabkam. Der Doktor schob das auf den Grog und sprang ohne Frage schnell in den Wagen. Im gleichen Augenblick zogen die Pferde an und erst jetzt merkte er, dass sich bereits jemand im Coupé befand. Hell fiel das Licht einer Laterne herein, aber ehe er noch rufen konnte „Irene!" lagen schon ihre Arme um seinen Hals und ihre Lippen auf den seinen.

Einen Augenblick machte ihn das Glück willenlos, dann schob er sie sanft zurück. „Mein Liebstes, welche Unvernunft."

„Schilt nicht, Hans, ach bitte, schilt nicht. Ich war ja so selig, als ich vorbeikam und deinen Wagen sah. Einmal musste ich dich sehen, ich konnte es vor Sehnsucht gar nicht mehr aushalten."

„Dachtest du denn nicht an die Ansteckung?"

„Tag und Nacht denk' ich daran, mein Schatz. Wie

ich mich in diesen Wochen um dich gesorgt hab, das kann ich gar nicht sagen."

„Wir Ärzte sind immun."

„Renommler nicht."

„Wenigstens beinah. Aber du – ich müsste dich von Rechts wegen sofort aus dem Wagen setzen."

„Hans, sei doch nicht so. Wie soll es denn werden, wenn ich deine Frau bin? – Und du verbreitest ja ganze Wolken von schützendem Karbolduft um dich. Sag mal, riechst du jetzt immer so köstlich?"

„Oft noch viel ärger."

„Na also, da will ich mir ein Fläschchen Karbol zulegen und alle halbe Stunde kräftig daran riechen, damit meine Nase sich daran gewöhnt. Und nun gib mir noch einen ordentlichen Kuss, du Karbolmann, hier hinten auf dem Holzdamm sieht uns kein Mensch in den Wagen."

Ihre Fröhlichkeit riss ihn mit fort. „Wenn ich dich nur erst ganz besäße, mein Sonnenschein. Dann würde ich Kraft haben, mich durchzuringen durch alles."

Sie dachte nur an die Epidemie und tröstete herzlich. „Einmal muss es doch wieder anders werden, Hans, und dann holen wir alle glücklichen Stunden nach. Ist es denn noch gar nicht im Nachlassen?"

„Doch, es wird besser. Ich denke, in einer Woche werde ich mich für einige Tage freimachen können, um nach Berlin zu fahren."

„Was willst du da?"

„Mit einem Kollegen reden. Es machen sich noch bisweilen nervöse Störungen bemerkbar, die mir unbequem sind."

„Kannst du hier niemanden konsultieren?"

„Das könnte ich wohl, aber es gibt leicht Anlass zu

allerlei Gerede. – Nun müssen wir aber Abschied nehmen, wir sind gleich am Krankenhaus. Somann soll dich nach Hause fahren, und dann gurgelst du sofort mit Chlorkali, verstanden?"

„Ja mein gestrenger Herr."

„Damit ist nicht zu spaßen, Irene."

Sie lachte, küsste ihn und fragte: „Wann kommst du nun endlich?"

„Heute haben wir Dienstag. Ich denke, Sonntag kann ich hinauskommen und Montag reisen."

„Also auf frohes Wiedersehen am Sonntag."

17.

Am Mittwoch der folgenden Woche kehrte Marung von Berlin zurück. Er war in keiner heiteren Stimmung, denn die Konsultation des berühmten Kollegen hatte seine eigene Diagnose nur bestätigt. Vor allen Dingen war ein sofortiges Ausspannen nötig. Wie lange dasselbe dauern müsste, hinge von dem Erfolg der Kur ab, der er sich in einer Nervenheilanstalt unterziehen wollte.

Professor Vogenhardt war sichtlich erschrocken, als Marung ihm ohne Rückhalt bekannt hatte, welche Morphiumdosen er bereits nötig habe, um in entscheidenden Augenblicken volle Gewalt über sich zu besitzen.

„Um Gottes Willen, bester Kollege, da haben Sie aber bös auf Ihre Gesundheit losgewütet. Na, Sie kennen als Arzt selbst die Gefahr und haben den festen Willen, sich nicht unterkriegen zu lassen. Also, wenn Sie irgend fortkönnen von Hamburg, sofort mit der

Entziehungskur zu beginnen. Gehen Sie nach Altenburg und geben Sie sich Doktor Walter ruhig in die Hände. Er ist nicht nur ein tüchtiger Arzt, sondern auch ein diskreter, feinfühliger Mensch. Sie können sich ihm in jeder Hinsicht unbedingt anvertrauen."

Sofort ausspannen! Ja, das war das Wenigste. Es würde jeder begreiflich finden, dass seine Kräfte einer Anstrengung, wie sie die letzten Wochen gebracht hatten, noch nicht gewachsen waren. Auch wenn er in die Altenburger Anstalt ging, würde es nicht auffallen. Es gingen häufig Menschen dahin, lediglich um sich in Ruhe erholen zu können. Wer um diese Jahreszeit nicht in den Süden wollte, hatte wenig Auswahl.

Das alles machte ihm keine Not, seine Sorge galt der Zukunft und Irene. Voraussichtlich mussten sie die Hochzeit verschieben. Eh er nicht sicher war, dass eine derartige Zeit nicht wiederkam, durfte er nicht heiraten. Oder sollte er es machen, wie der Professor geraten? Heiraten, sobald die Kur beendet war, und dann mit seiner jungen Frau reisen, Jahr und Tag, vielleicht auch zwei Jahre, bis er seine Gesundheit so vollständig wieder hergestellt hatte, dass jede Schwäche aus der Hand verschwunden war? – Aber ein Operateur, der jahrelang seinen Beruf nicht ausübt? Und dann kam noch eins hinzu. Er musste, wenn er dies wollte, sogleich seine Stellung aufgeben. Er konnte nicht zwei Jahre Urlaub nehmen und inzwischen sein Gehalt weiter beziehen. Das war einfach ausgeschlossen.

Und wenn er nichts verdiente, wovon dann leben in dieser Zeit? Es war zweifelhaft, ob seine Ersparnisse reichen würden. Sollte er nur der Mann seiner Frau sein und es vielleicht für immer bleiben, wenn die Hand trotz alledem nie wieder ganz einsatzfähig wurde?

Es ging auf den Abend. Der Tag war trüb und dunkel, in den Coupés brannten die Lampen. Marung war allein. Müde und fröstelnd drückte er sich in die Polster, und seine Blicke streiften mechanisch die schattenhaften Bilder, die draußen vorüberflogen. Ein heller Dunstkreis erschien in der Ferne, Lichter tauchten auf. Hamburg war in Sicht.

„Nur jetzt keinen bekannten Menschen", dachte er, als der Zug in den Bahnhof einfuhr. Da sah er Bernhard Schmidt auf dem Perron stehen. Zögernd blieb er im Coupé, bis er annahm, der Freund werde ihn in dem lebhaften Gedränge nicht bemerken, dann erst stieg er aus. Aber kaum wurde seine hohe Gestalt auf dem Trittbrett sichtbar, als Schmidt sich auch schon hastig durch die Menge zu ihm drängte. Sein frisches fröhliches Gesicht zeigte einen ungewohnten Ernst.

„Ich hab dich erwartet, Marung. Deine Wirtschafterin sagte mir, dass du wohl mit diesem Zug kämst."

„Ist etwas der Grund?"

„Vermährens lassen dich bitten gleich hinauszukommen."

„Irene?"

„Sie ist krank. Doktor Reimers behandelt sie."

„Diphtherie?"

„Ja, aber es ist noch Hoffnung. Ich bin mit Onkels Wagen hier."

„Sag mir, was du weißt."

„Schmidt wunderte sich im Stillen, dass Marung so ruhig blieb, als er ihm aber beim Eisteigen in das Gesicht sah, erschrak er über die kalkige Blässe.

„Ich weiß auch nicht viel", sagte er, „nur was Tante Anna mir vorhin schrieb. Du bist Sonntag ja wohl noch draußen gewesen."

„Ja, da fand ich sie recht blass. Aber sie behauptete, sie sei ganz wohl und lachte meine Sorge aus."

„Montagvormittag hat sie sich gelegt, aber keinen Arzt haben wollen; du kämest ja bald zurück. Gestern hat Onkel Vermähren aber doch nach Reimers geschickt, und – ja – seit heute Mittag hat sich's verschlechtert. Tante schrieb, ich möchte mich erkundigen, wann du kämst und dich hinausbringen. Reimers wollte alles zur Operation vorbereiten, – wenn es sein müsste."

Er bekam keine Antwort mehr. Die Pferde jagten, Siemers schonte sie nicht, dennoch war Marung die Fahrt nie so lang erschienen. Keinen Augenblick zweifelte er, dass Irene sich die Ansteckung an jenem Abend geholt, als sie in seinem Wagen auf ihn gewartet hatte.

Er war zu glücklich gewesen eine kurze Zeit, jetzt brach alles Unglück auf einmal über ihn herein. „Fest stehen und sich nichts anmerken lassen", dachte er; „wenigstens den Menschen nicht zeigen, wie jammervoll es einem ums Herz ist." Und dann stieg eine heiße Woge von Schmerz und Liebe in ihm empor: „Mein Liebling, mein Liebling! Dass du so leiden musst! Und unsere Liebe ist schuld daran."

Zitternd, mit Schaumflocken bedeckt, hielten die Pferde vor der Villa. Marung war aus dem Wagen und die Treppe hinauf, eh Siemers noch vom Bock kommen konnte.

Konsul Vermähren kam ihm auf der Treppe entgegen und streckte die Hand aus. „Gott sei Dank, dass du da bist."

„Wie steht es?"

„Sie ist bei vollem Bewusstsein und erwartet dich.

Doktor Reimers ist augenblicklich bei ihr, – eine Wärterin haben wir gestern gleich genommen. Was wir tun konnten …, aber man kann ja so wenig tun!"

„Leidet sie sehr?"

„Sie klagt nicht, aber die Stimme ist sehr schwach und heiser, und die Atemnot scheint von Stunde zu Stunde größer zu werden."

Beim Eintritt in das Schlafzimmer drangen Marung die keuchenden, röchelnden Atemzüge entgegen, die ihn in den letzten Wochen so oft in den Krankenstuben begrüßt hatten. Aber er war nicht umsonst als Arzt an eiserne Selbstbeherrschung gewöhnt, und Irenes Augen, die ihn mit heißer Sehnsucht entgegenschauten, sahen keinen Schreck und keine Angst in seinen Zügen.

„Mein armes, liebes Herz." Der feste Druck, mit dem er ihre fieberheiße Hand ergriff, sagte ihr mehr als Worte. Ein Ausdruck der Erleichterung kam in ihr zerquältes Gesicht und sie versuchte zu lächeln.

„Nun bist du da, nun wird es schon gut werden." Leise, mühsam kamen die Worte, aber mit dem felsenfesten Vertrauen eines Gefangenen zu seinem Erlöser.

Doktor Reimers trat heran und berichtete, wie die Krankheit sich entwickelt habe, und dass er fürchte, die Operation könne nicht länger aufgeschoben werden. Nach kurzer Untersuchung musste Marung ihm Recht geben.

„Hast du Mut, mein Herz?"

„Wenn du meine Hand hältst, ja."

„Wir chloroformieren dich, du wirst nichts fühlen."

Die Wärterin ging leise in das Nebenzimmer, wo alles zur Operation vorbereitet war. Die Ärzte folgten ihr, und Marung sagte zu dem Kollegen: „Ich möchte Sie bitten, die Operation vorzunehmen. Es wird Sie vielleicht. wundern, dass ich nicht selbst ..."

Der andere wehrte lebhaft ab. „Das ist ja zu begreiflich. Ich würde in solchem Falle mich auch nicht auf meine Sicherheit zu verlassen wagen."

Frau Konsul kam herein, blass, verweint, Marung mit aufgeregten Fragen begrüßend. Doktor Reimers hatte vergebens versucht, sie dem Krankenzimmer fernzuhalten.

„Sie ist doch wie mein eigenes Kind", erklärte sie. „und wenn ich es bekommen soll, bekomme ich es doch."

Zwei Stunden später, es ging auf Mitternacht, begleitete Marung den Kollegen die Treppe hinunter.

„Wenn Sie mich die nächsten Tage im Krankenhaus vertreten wollen ..."

„Das braucht ja gar keine Worte, bester Kollege Ich wünsche Ihnen von Herzen, dass jetzt alles einen normalen Verlauf nimmt. Ihr Fräulein Braut hat ja eine so gesunde Natur."

„Die Herzschwäche macht mich besorgt. Die kommt zu schnell."

„Ich fahre im Krankenhaus vor und lasse Ihnen den Äther senden. Wo ist der Zettel für Lorenz?"

„Hier, und hier die Schlüssel. Er weiß Bescheid."

Eine halbe Stunde später hielt Lorenz den Zettel in Händen, auf dem sein Doktor ihm Order sandte, was er aus dem Schränkchen in seinem Zimmer zusammenpacken und dem Kutscher mitgeben sollte. Unter den angeführten Dingen war auch ein kleines Mahagonikästchen.

„Unterer Bord. Ecke links." Lorenz drehte das zierliche Ding nach alten Seiten. „Das kenne ich ja gar nicht bei ihm. Was hat er da denn drin? Sieht ja beinah aus wie ein Kasten für Liebesbriefe." An Morphium dachte er nicht.

Irene erwachte nach der Operation in ihrem Bett. Das Erste, was sie sah, war das Gesicht ihres Verlobten, das sich in heißer Zärtlichkeit über sie neigte. Sie fühlte sich unsagbar schwach und müde, aber die furchtbare, stickende Angst war von ihr genommen und die reißenden Schmerzen im Hals lagen in dumpfer Betäubung. Ihre Lippen versuchten lautlos ein zärtliches Wort zu formen, er sah es, und diese kleine liebevolle Handlung raubte ihm plötzlich die mühsam behauptete Festigkeit. Er wollte sich abwenden, um die hervorbrechenden Tränen zu verbergen, aber Irenes Hand tastete nach seinem Haupt, zog es leise herab und legte sich liebkosend auf das dichte, dunkle Haar.

Dann fielen ihr vor Erschöpfung die Augen zu. Wie ein fernes Singen und Klingen war er in ihren Ohren, ein sanftes Heben und Senken schien durch ihren Körper zu gehen, als höben ihn breite, weiche Wellen und trügen ihn leise wiegend fort, weiter, immer weiter in ein fernes, unbekanntes Land.

„Geht es so hinüber in die Ewigkeit?", zog es halbträumend durch ihren Sinn, und ein heimliches Wundern war dabei, dass so gar keine Furcht und kein Schrecken in ihr war, nichts als ergebene Fügsamkeit in einen großen, ewigen Willen. „Wie es kommt, so mag es gut sein." Und durch ihre Seele zogen die Worte des alten Liedes:

„So nimm denn meine Hände
Und führe mich,

Bis an mein selig Ende
Und ewiglich."

Dann schlief sie ein. – Regen schlug an die Fenster, der Wind heulte im Schornstein, die Scheiben der Laternen draußen vor der Haustür klirrten und klapperten. Sie wachte auf und wunderte sich, dass sie noch hörte, fühlte wieder den reißenden Schmerz im Halse und öffnete die Augen. Neben ihrem Bett saß Marung. Ihr Blick begegnete dem seinen, in dem sie noch nie eine so unendliche Liebe gesehen hatte, wie in dieser Nacht.

„Willst du trinken, mein Lieb?"

Die Wärterin kam mit einer kühlen Limonade. Er hielt ihr das Glas an den Mund, und sie trank mühsam mit brennenden Lippen.

Dann hob das Klingen und Rauschen wieder an, der dunkle Strom hob sie aufs Neue gleitend und wiegend auf seinen Rücken, und sie vergaß für kurze Zeit alle Qual.

Marung aber saß die ganze Nacht und achtete in verzehrender Sorge auf das flatternde, unregelmäßige Klopfen des Pulses. Sooft Irene auch die Augen öffnete, immer sah sie sein behütendes Antlitz, und wie ein Kind, das sich am Herzen der Mutter geborgen fühlt, lächelte sie dann glücklich zu ihm auf und dämmerte weiter.

Es wurde hell draußen, da hörte man auf dem Kies das Geräusch eines Wagens. Die Wärterin ging an das Fenster und sah hinab. Auf einen fragenden Blick Marungs trat sie zu ihm und berichtete flüsternd:

„Es ist der junge Herr Vermähren, er kommt von 'ner Geschäftsreise. Frau Konsul hatte ihm geschrieben, dass das Fräulein krank wäre. Da telegrafierte er gleich, er käme zurück. Sie halten alle gar zu viel von Fräulein Irene."

Marung sah auf seine Braut, sie schlief jetzt fester und ruhiger; er ließ die Pflegerin sich neben das Bett setzen und ging hinaus zu Peter Vermähren. Im Zimmer des Konsuls fand er ihn, ganz fassungslos vor Aufregung. Der stille, zurückhaltende Mensch weinte wie ein Kind und bat flehentlich: „Lass mich sie nur ein Mal sehen. Nur von der Tür will ich hinsehen."

„Komm mit hinauf, aber nimm dich zusammen und sei ruhig. Sie schläft jetzt."

Das Nachtlicht schimmerte matt und gab mit dem schwach hereindringenden Morgenlicht eine unsichere Beleuchtung, in der von Irenes Zügen wenig zu unterscheiden war. Aber die langen blonden Zöpfe hingen über die Bettdecke herab und erweckten einen kindlichen Eindruck. Peter Vermähren fühlte den brennenden Wunsch, nur einmal an das Bett treten und das seidigen Haare streicheln zu dürfen, doch neben ihm stand still und ernst der Mann, der jetzt allein ein Recht hatte auf die Eine, die er mit seinem ganzen Herzen geliebt hatte, seit sie ein Kind war. Und jetzt zog Marung ihn leise von der Schwelle zurück und schloss die Tür.

„Ich hoffe, wir werden sie durchbringen, Peter; aber, es wird vielleicht lange dauern, bis sie sich erholt. Für die nächsten Tage bleibe ich hier draußen. Aber sie muss unbedingte Ruhe haben. Es wäre gut, wenn für 's Erste niemand zu ihr dürfte als die Wärterin und ich."

„Ich will warten, bis du mir erlaubst, hineinzugehen", sagte Peter ergeben.

18.

Marung saß in seinem Zimmer im Vermähren'schen Hause und berechnete, wann er reisen könnte. Er fühlte, dass jeder Tag der Verzögerung seinen Zustand verschlimmern und die Kur verlängern musste.

Drei Tage waren seit der Operation vergangen, schwere, bange Tage, in denen es zweimal geschienen, als sollte die Herzschwäche Herr werden über alle ärztliche Kunst und Jugendkraft. Und das konnte sich noch längere Zeit, vielleicht wochenlang, wiederholen, sobald irgendeine Erregung einen Rückschlag brachte. Ehe er über Irenes Gesundheit nicht ohne Sorge war, konnte er nicht reisen. Aber in diesen langen, sorgenvollen Tagen dankte er seine Ruhe und Festigkeit, die alle im Hause so sehr bewunderten, nur dem unheimlichen Mittel, das eine immer größere Macht über ihn gewann.

Wenn er jetzt sagte: „Ich muss reisen. Ich bin krank. Ich kann mich nicht länger aufrecht halten", kein Mensch würde ihn begreifen. Überreizt, ermüdet waren sie alle nach diesen schweren Tagen, aber das gab sich schon wieder. Und die Wahrheit konnte er keinem sagen.

So ließ er Tage und Wochen verstreichen, ja, er nahm, als Irene in der Besserung war, seine Praxis sofort wieder auf. Nur das Eine hatte er Frau Konsul gesagt, die Hochzeit müsste unter diesen Umständen verschoben werden, denn Irene müsste, sobald die Jahreszeit danach sei, in einen geschützten Waldkurort, um sich in Ruhe zu erholen. Tante Anna bewunderte ihn: „Er ist wirklich selbstlos, Paul", sagte sie zu ihrem Mann. „Erst konnte ihm die Hochzeit nicht schnell genug sein, und nun schiebt er sie selbst auf, bloß, damit Irene sich ruhig erholen kann. Er liebt sie doch sehr."

„Das wissen wir ja, Anna."

Irene fand sich ohne Widerrede in Marungs Bestimmung. Dass es ihr schwer wurde, sagte sie nicht. Das Sprechen machte ihr noch Mühe. Die Stimme war klanglos und matt, und so matt blickten auch die Augen, matt war der ganze, sonst so elastische Körper. Dazu peinigten sie Selbstvorwürfe, dass sie durch eigene Unvorsichtigkeit die Krankheit herbeigeführt und dem Geliebten Angst und Sorge bereitet habe.

An einem Nachmittag, man hatte sie zum ersten Male in den Wintergarten gebracht, und Marung saß bei ihr, kam sie zu der Frage, die ihr längst am Herzen lag: „Wie ist es eigentlich in Berlin gewesen, Hans. Du wolltest doch deines Befindens wegen mit einem Kollegen sprechen."

„Ja, ja. Nun, es ist nichts von Bedeutung, mach dir darum keine Sorgen. Immerhin riet er mir, einmal auszuspannen. Er meinte, ich sei zu früh wieder in den Sattel gestiegen."

„Ist es wieder dein Herz?"

„O nein, das benimmt sich ganz manierlich; es sind nur so die Nerven im Allgemeinen. Es ist diesen Winter etwas stramm gekommen."

„Hans, wenn du meinst, ich soll noch mit Tante fort vor unserer Hochzeit, können wir dann nicht zusammen reisen?"

Marung erschrak. Nur das nicht. Er wusste, wenn er jetzt ohne Morphium leben musste, würde zunächst ein vollständiger Zusammenbruch eintreten. Davon durfte das geliebte Mädchen nicht Zeuge sein.

„Was würden die lieben Nächsten sagen, Irene? Frau Albrecht fragte mich neulich schon auf der Straße, ob es denn wirklich wahr sei, dass ich dich selbst behandelte."

„Ach, Frau Albrecht! Lass die Menschen reden, wenn es sie glücklich macht, du fragst doch sonst nicht danach. Wünschst du denn nicht auch, dass wir zusammen sind?"

„Als Bräutigam, ja, als Arzt, nein. Du wirst dich schneller erholen, wenn du allein bist."

„Das glaubst du ja selbst nicht."

„Doch, mein Lieb', ich glaube, dass es für uns beide besser ist, wir trennen uns für kurze Zeit. Wir müssen mal zur Ruhe kommen. Und ich habe keine Ruhe, wenn ich bei dir bin. Es ist mir schwer genug geworden in dieser Zeit, dich nicht in die Arme zu nehmen und an mich zu pressen und zu küssen."

„Warum tust du es denn nicht, du froschblütiger Schatz?"

„Weil jede Erregung Gift ist für dich. Glaub mir doch, wir werden gesund werden und heiraten können, wenn wir jetzt auf die Vernunft hören."

„Also hören wir auf die Vernunft. Wann willst du fort?"

„Wenn du in acht Tagen so weit bist, dass ich ohne Sorge sein kann, wollte ich fahren."

„Hast du schon Vertretung?"

„Ja, das lässt sich alles arrangieren."

„Und wie lange meinst du, dass du in Altenburg bleibst?"

„Sechs bis acht Wochen voraussichtlich. Es hängt

alles davon ab, wie bald diese nervösen Geschichten sich ändern."

„Aber du schreibst mir täglich?"

„Damit du in Aufregung gerätst, sobald sich ein Brief verspätet? Ich werde mich hüten, so etwas zu versprechen. Das Beste wäre, wir schrieben uns gar nicht."

„Das hältst du ja selber nicht aus."

„Wenn es zu deinem Besten wäre, würde ich auch noch Schwereres aushalten."

Irene dachte nach. „Wenn wir beide Anfang Juli zurück sind, könnte Ende August die Hochzeit sein, vorausgesetzt, dass wir dann eine Wohnung bekommen."

„Die Wohnung ist das Wenigste. Zur Not behelfen wir uns die erste Zeit mit meiner jetzigen Etage. Wenn du nur gesund bist und wir sind endlich beisammen, das andere soll sich wohl finden."

Unter heitereren Zukunftsplänen verging der Tag. Acht Tage später reiste Marung nach Altenburg, und einige Wochen danach fuhr Irene in den Harz. Sie hatte es aber durch allerlei diplomatische Winkelzüge erreicht, dass nicht die Tante, sondern Klara sie begleitete und die Pfingstferien mit ihr in Wernigerode verlebte. Dann musste Klara freilich zurück zu ihren Schulstunden.

Es wurde ihr nicht leicht, abzureisen, obgleich sie mit großer Liebe an ihrem Beruf hing. Aber sie fand Irene noch sehr zart, und – was sie besonders beunruhigte – sehr ungleich in der Stimmung. Marungs Briefe waren schuld daran, sie kamen selten und waren meist sehr kurz gehalten, ja, bisweilen fand Irene sie empörend kühl und oberflächlich. Dann plötzlich kam wieder ein Ausbruch glühender Leidenschaft, heiß, heftig, fordernd, von einer so ungeduldigen, verzehrenden Sehnsucht, dass es sie mehr erschreckte als froh machte. Aber sooft sie auch mit Klara von dem Verlobten sprach, das, was sie beunruhigte, behielt sie im Herzen, wie sie ihr ganzes Leben lang andere stets nur die Sonnenseite ihres Wesens gezeigt, und jeden Schatten, der sie bedrohte, still verborgen hatte.

Klara fühlte trotzdem, dass etwas nicht sei, wie es sollte; doch ihr Zartgefühl hinderte sie am Fragen. Als sie nach Hamburg zurückkehrte, wartete Peter Vermähren an der Bahn. Seit Irenes Verlobung waren sie sehr gute Freunde geworden und standen bereits auf du und du. Frau Albrecht fand dies natürlich sehr unpassend, und zum ersten Mal in seinem Leben stimmte Bernhard Schmidt mit ihr überein.

Klara blieb indes ganz unbefangen, als der junge Millionär ihr einen Rosenstrauß zum Willkomm reichte und bat, dass er sie mit seinem Wagen heimbringen dürfe.

„Peter, das geht ja nicht. Mein Koffer ist zu ruppig für dein fürstliches Fuhrwerk. Siemers lässt sich solche Gesellschaft gar nicht auf dem Bock gefallen."

Doch Peter besiegte jeden Einwand mit dem Zauberwort: „Wir sehnen uns nach Nachricht von Irene. Schickst du mich mit leeren Händen nach Haus?"

Als sie in den Wagen steigen wollten, kam Schmidt vorbeigeschlendert. Er machte große Augen beim Anblick der Rosen und des Wagens, blieb stehen, erkundigte sich nach allseitigem Ergehen und fragte: „Sag mal, Peter, es ist doch Börsenzeit, versäumst du da nichts?" Und der andere, der in seiner still beobachtenden Weise den Freund längst durchschaut hatte, schmunzelte vergnügt.

„Nein, mein Alter. Mein Vater steht an unserer Säule, also bin ich entbehrlich. Aber du – kannst du mitten am Tage von der Werft fort?"

„Ich komme vom Mittagessen und gehe jetzt wieder hin." Und mit einer tiefen Verneigung vor Klara: „Es ist sehr nett von dem Zufall, dass er mich grade in diesem Augenblick vorbeigeführt hat."

Die Pferde zogen an, und Peter sagte heiter zu seiner Gefährtin: „Er ist ein Gauner. Gestern hab ich es ihm erzählt, dass du mit diesem Zug kämest." Dann wurden seine Züge wieder ernst: „Und du meinst, mit Irene könnte es besser sein? Ihre Stimmung ist nicht wie sonst? Ob irgendein Missverständnis zwischen ihr und Marung besteht?"

„Ich habe nichts davon gemerkt. Sie hat nie eine Äußerung getan, die darauf schließen ließe. Aber weißt du, es fiel mir in diesen Tagen besonders auf, Irene ist bei all ihrem Temperament doch eigentlich ein verschlossener Mensch."

„Das habe ich immer gewusst, ihr tiefstes Wesen behält sie für sich."

„Irgendetwas bedrückt sie. Vielleicht fürchtet sie, nicht ganz gesund zu werden. Sie tat einmal eine Äußerung, dass es Unrecht sei, wenn ein krankes Mädchen heiratete."

„Aber Reimers hat sie hier noch am Tage vor der Reise untersucht und erklärt, es sei wohl noch etwas Herzschwäche vorhanden, aber die würde sich wahrscheinlich in einigen Monaten ganz verlieren. Ist sie denn gut aufgehoben in ihrer Pension?"

„Ausgezeichnet; und dem Arzt hab ich sie noch besonders auf die Seele gebunden. Er besucht sie jeden dritten Tag. Wenn ihre schwermütigen Stimmungen nur körperliche Ursachen haben, wird alles wieder ins Geleise kommen."

Peter schrieb an diesem Nachmittag noch einen langen, liebevollen Brief an Irene. Ihre Antwort war heiter wie immer. Man möchte sich nicht sorgen, ihr ginge es gut. „Na ja", sagte er sich, „sie lässt wieder niemand in ihr Herz sehen."

19.

So lieb Irene Klara hatte, ihre Abreise empfand sie zunächst als Erleichterung. Seit der Krankheit war eine tiefe Müdigkeit in ihr zurückgeblieben, körperlich und geistig; es wurde ihr schwer, froh und sorglos in das Leben zu schauen, wie man es von ihr gewohnt war. Dazu die Trennung von dem Verlobten und seine ungleichmäßigen Briefe. War er so leidend, dass dieser Wechsel in seinem Wesen ein Ausfluss seines schlechten Befindens war? Sie zwang sich, es zu glauben, aber heimliche Zweifel standen auf. Er war doch während ihrer Krankheit keinen Augenblick matt und elend gewesen. Gerade an seiner Kraft und Ruhe hatte sie sich aufgerichtet. – Und wenn sie an die Hochzeit dachte, war es immer, als wenn eine dunkle Stimme ihr zuraunte: Verlass dich nicht zu sicher auf dein Glück, es kommt noch wieder etwas dazwischen.

Vier Wochen hielt sie es noch aus in Wernigerode, dann hatten Unruhe, Sehnsucht und Heimweh sie unterjocht, und sie reiste nach Hause.

Mit einer Karte hatte sie ihr Kommen gemeldet, am

nächsten Tage war sie selbst da. Frau Konsul fand sie in starker Erregung. „Liebste Irene! Wie konntest du nur! Ganz allein die Reise zu machen! Es schickt sich wirklich nicht, dass ein junges Mädchen allein reist! Onkel oder ich hätten dich ja so gerne geholt."

Zum ersten Male lachte Irene nicht zu solchen Vorwürfen. Gleichgültig hörte sie sie an und antwortete kaum.

Seit fünf Tagen war sie ohne Nachricht von Marung. Sie hatte ihm telegraphiert, dass sie nach Hamburg zurückführe und gehofft, einen Brief vorzufinden. Es war keiner da, und auch am nächsten Tage kam keiner. Peter, der in ihren Zügen las, wie in einem offenen Buch, merkte, dass sie auf das Kommen des Postboten wartete, dass eine Spannung in ihr Gesicht kam, sobald Rosa mit den Briefen eintrat, und dass ebenso schnell ein Schatten der Enttäuschung folgte. Und er zog im Stillen seine Schlüsse.

Der zweite Tag war ein Sonntag.

Zum Mittagessen kam Klara Levermann als erwarteter und Bernhard Schmidt als unerwarteter Gast. Lebhaft, lachend, einen Arm um Peters Schulter gelegt, trat er in das Zimmer.

„So, Tante Anna, da hast du mich mal wieder. Bist du glücklich? Drei Sonntage bin ich nicht hier gewesen. Vater Albrecht traf ich gestern beim Frühstück in der ‚Himmelsleiter', der wollte mich zu heute zapfen. Aber ich sagte ihm, ich sei bereits bei euch versagt. – Onkel, was sagst du denn bloß dazu, dass dein Seligmann das große Los gewonnen hat? An deiner Stelle würde ich ihn jetzt absägen. Ein Prokurist, der so leichtsinnig ist, in der Lotterie zu spielen."

„Du spielst ja selbst", rief Peter.

„Ja, ich. Hast du mich schon jemals für einen Vernunftkasten gekauft?"

„Du müsstest eine verständige Frau haben."

„Hat mir Mutter Albrecht neulich auch gesagt. Ich weiß nur nicht, ob sie mich mit Agathe oder Malwine beglücken wollte. Brrr!"

„Lieber Bernhard, die beiden Albrechts sind sehr wohlerzogene, nette, junge Mädchen. Mit denen ist kein Mann betrogen."

„Also wollen wir ihnen auch einen netteren Mann gönnen, wie ich es bin. Seligmann, das wäre so einer für sie. Den könnte Mutter Albrecht ganz nach ihrem Willen tanzen lassen. Sagt mal, Marung kommt heut wohl wieder furchtbar spät? Hat er gleich so viel Arbeit vorgefunden bei der Heimkehr? Gestern lief er mir vorbei, da war er so in Eile und Gedanken, dass er mich gar nicht bemerkte."

„Hans?"

„Marung?"

Die erstaunten Rufe veranlassten Schmidt, sich ganz bestürzt nach Irene umzusehen. Das schien ja beinah so, als wüsste man gar nichts von der Rückkehr des Doktors. – Schweigen trat ein. Unwillkürlich flogen alle Blicke zu der Braut und wanderten dann verlegen beiseite. Sie sah schneeweiß aus, aber es dauerte nur einen Augenblick, bis sie ihre Fassung wiedergewonnen hatte und mit beherrschter Stimme sagte: „Er hat es sicher auf eine Überraschung abgesehen, die du ihm jetzt verdorben hast, Bernhard."

Sie hatte kaum ausgesprochen, da rief Klara Levermann vom Fenster her: „Eben kommt Hans in die Pforte." Ein allgemeines, erleichtertes Aufatmen! Die Tür klappte. Irene flog die Treppe hinunter.

Ehe Marung die Glocke ziehen konnte, stand sie schon vor ihm, zitternd, schwankend, schluchzend vor Erregung. Ganz bestürzt zog er sie in seine Arme „Mein Herz, mein Liebling, was ist denn? So froh bist du, dass wir uns wieder haben? Irene! Mein Lieb! Mein süßes, holdes Lieb! Aber so wein doch nicht so. Hätte ich dich denn lieber nicht überraschen sollen?"

Sie lachte schon wieder. „Ach, du, es ist ja nur Freude. Wie hab ich mich gesehnt nach dir. Warum schriebst du denn auch gar nicht?"

Ein Schatten flog über sein Gesicht. „Ich bin ein schlechter Briefschreiber. Aber nun wollen wir daran nicht mehr denken, wo wir uns wiederhaben." Und sie in ihrem Glück und ihrer Selbstlosigkeit dachte nicht mehr daran, ihm Vorwürfe zu machen.

Sonnig, heiter, ein wenig stiller nur, genoss sie den Tag. Etwas Verhaltenes war in ihrem Wesen, ein zarter Schleier über dem Jubel, der ihr ganzes Herz erfüllte. Nicht einen Augenblick ging Marung von ihrer Seite, ließ kaum ihre Hand los, schien sich gar nicht genug tun zu können an tausend kleinen Zärtlichkeiten und heimlichen Liebesworten. Die übrigen Anwesenden waren kaum für ihn vorhanden.

Der Konsul lächelte nachsichtig dazu, die jungen Leute fanden es angesichts der reizenden Braut und einer so langen Trennung ganz begreiflich, nur Frau Konsul dachte, dass er wohl die „Dehors" ein wenig besser wahren könnte. Wirklich, es war ganz gut, wenn in sechs bis acht Wochen die Hochzeit war. Und sie redete den Doktor darauf an.

Aber er hatte wohl nicht recht hingehört, denn er antwortete nur: „Das lässt sich ja besprechen, wenn ich wiederkomme", und dann „Irene, wollen wir nicht ein bisschen in den Garten und Krocket spielen?"

Zehn Minuten später schlugen Schmidt, Peter und Klara die Bälle über den weichen Rasengrund, während die Tante kopfschüttelnd konstatierte, dass das Brautpaar einmal wieder seine eigenen Wege gegangen war.

Wenn Irene in ihrem späteren Leben an den Brautstand zurückdachte, schien es ihr immer, als wenn dies der letzte Tag ihres Glückes gewesen sei. Denn von da an war es allmählich gekommen, das Heimliche, Dunkle, Unbegreifliche, was sich wie ein beängstigender Schatten auf all ihr Hoffen und Lieben gelegt hatte, immer schwerer, immer dunkler, bis es kein Schatten mehr war, sondern eine ungeheure, lastende Finsternis, in der all ihr sonniges Lebensglück begraben wurde.

20.

Im Krankenhaus wurde gebaut. Marung selbst hatte mit den Herren der Baukommission alles besprochen, denn es handelte sich um einen neuen Operationssaal, der mit allen modernen Hilfsmitteln eingerichtet werden sollte. Diese Angelegenheit nahm ihn in seiner freien Zeit sehr in Anspruch, es vergingen bisweilen mehrere Tage, wo Irene ihn nicht sah. Und wenn er kam, war er häufig müde und abgespannt, so dass er am liebsten still bei ihr saß und auf ihr heiteres Geplauder lauschte.

Ihr war es freilich nicht immer nach Fröhlichkeit zu Sinn, sie hätte lieber nach seinem Tun und Lassen, seinen Sorgen und Arbeiten gefragt. Doch mit feinem Empfinden spürte sie, dass er sich nach Ruhe sehnte, dass er ihr leichtes, scherzendes Gespräch als Wohltat empfand, und so zwang sie alle Sorgen und Fragen zurück, und gab ihm den sonnigen Frieden, nach dem er verlangte.

Wie in stillschweigender Übereinkunft, sprach niemand von der Hochzeit, obgleich es Zeit gewesen wäre, eine Wohnung zu suchen. Die Bekannten fingen an, sich zu wundern, und an einem Abend, als Klara mit ihrem Vetter von der Villa in die Stadt zurückfuhr, fragte sie ihn entschlossen:

„Sag mal, Hans, wann heiratet ihr denn?"

„Es ist noch kein Tag festgesetzt."

„Aber Ihr müsst doch endlich eine Wohnung suchen und die Möbel bestellen."

„Wohnungen sind jeden Tag zu haben." Sein Ton war abwehrend, aber Klara war entschlossen, einmal der Sache auf den Grund zu gehen.

„Man könnte meinen, dir sei gar nichts an der Hochzeit gelegen, wenn man nicht wüsste, wie lieb du deine Braut hast."

„Nun, da du das weißt, ist ja auch kein Grund, dich darum zu beunruhigen." Und dann wechselte er das Thema und gab ihr keine Gelegenheit, auf ihre Frage zurückzukommen.

„Da ist ganz gewiss etwas nicht mit ihm in Ordnung", dachte Klara, als sie sich getrennt hatten. „Aber wer bringt den zum Reden, wenn er nicht reden will."

Marung saß an diesem Abend noch lange an seinem Schreibtisch, doch er arbeitete nicht. Den Kopf in die Hand gestützt, starrte er vor sich hin und grübelte. Klaras Worte hatten es ihm klargemacht: so ging das nicht weiter. Er beging eine Sünde an Irene, wenn er nicht bald zu einem Entschluss kam.

Seit Monaten täuschte er sie, indem er sie auf ein sicheres Glück an seiner Seite hoffen ließ, während ihm selbst eine frohe Zukunft immer unsicherer erschien. Schwere Wochen hatte er in der Thüringer Anstalt verlebt, Wochen, in denen er an der Möglichkeit verzweifelt war, jemals Sieger über den unheimlichen Dämon zu werden, der nur kurze Zeit sein gehorsamer Diener gewesen war, und jetzt bereits in quälender Weise den Herrn herauskehrte.

Aber seine Energie, die Liebe zu seinem Beruf und seine heiße Leidenschaft für Irene waren starke Bundesgenossen gewesen. Mit eisernem Willen, mit zusammengebissenen Zähnen, hatte er gerungen gegen seine zuckenden Nerven, die nach dem Gift lechzten. Er hatte noch einmal gesiegt, aber es war ein Pyrrhussieg gewesen. Seine Kräfte waren erschöpft: er wusste, ein solcher Kampf durfte nicht wiederkommen.

Und er wusste auch, dass dieser Kampf wiederkommen würde, wiederkommen musste, wenn er in seinem Beruf blieb. Er war der Arbeit und Verantwortlichkeit seiner Stellung noch auf lange Zeit, vielleicht auf Jahre hinaus, nicht gewachsen.

Was sollte er tun? Sein Herz war ein starker Versucher, denn es bat, es flehte um sein Recht. „Nimm das geliebte Mädchen in deine Arme, mach sie zu deinem Weib, je eher, desto besser; zieh mit ihr hinaus in die Welt, in den warmen, sonnigen Süden, nach Italien, Ägypten, Klein-Asien – irgendwohin, wo es Euch gefällt. Da schlagt euer Zelt auf und lebt eurer Liebe. Denkt an euer Glück und lasst alles Sorgen hinter euch. Dann wirst du genesen. Und dass du so handelst, das bist du nicht nur dir selbst schuldig, sondern noch mehr ihr, die ihr ganzes Leben in deine Hand gegeben hat, die ihr ganzes Glück von dir erwartet."

Aber, wenn er so weit gekommen war in seinen Gedanken, wenn er schon die Hand ausstrecken wollte nach dem ersehnten Glück, dann trat sein Gewissen dazwischen und sagte: „Wenn du genesen wirst! Wer gibt dir die Gewissheit? Du selbst kannst sie dir nicht geben und keiner deiner Kollegen. Sie können alle nur raten, hoffen, wünschen. Und sonst ... willst du der Mann deiner Frau werden? Sie würde es dich nicht fühlen lassen, das ist wohl wahr, aber du selbst, – könntest du es ertragen?"

Es schlug Mitternacht, da stand er auf vom Stuhl, müde, erschöpft, entschlossen, allem ein Ende zu machen.

Ihm war kein Glück bestimmt, er wollte nicht noch einen anderen geliebten Menschen in sein dunkelndes Leben hineinziehen. Und als gebe der endliche Entschluss ihm innere Ruhe, schlief er in dieser Nacht so tief und traumlos wie seit Monaten nicht.

Als er am nächsten Morgen aufstand mit erfrischten Nerven und klarem Kopf, in hellem Sonnenlicht, da war seine Stimmung umgeschlagen. Sein Entschluss vom Abend vorher erschien ihm als Ausfluss einer düsteren Phantasie. Es war ja einfach unmöglich, Irene aufzugeben. Warum dann nicht lieber gleich das Leben selbst aufgeben!

So ging es nicht weiter, natürlich nicht. Schon ihretwillen nicht. Sie quälte sich und zeigte ihm doch immer ein heiteres Gesicht, sie war überhaupt von einer rührenden Güte und Selbstlosigkeit. Sie war imstande, auch das bitterste Los mit ihm zu teilen und lächelnd zu versichern, dass sie sich kein, besseres Schicksal wünsche. Nein, er hatte gar kein Recht, sie aufzugeben, gar kein Recht! Das Wort setzte sich förmlich fest in seinem Gehirn. Noch am selben Nachmittag wollte er zu ihr und ihr sagen, dass sie miteinander hinausziehen wollten in die Welt und heimkehren als gesunde, glückliche Menschen.

Und wenn nicht ... er sah heute auch dieser Möglichkeit fest in das Gesicht, – wenn seine Hand doch einmal wieder versagen sollte, er war Manns genug, sich auch auf einem anderen Posten, nicht als Operateur, sein sicheres Brot zu erwerben. Er konnte nicht verlangen, dass sein Glück ohne jedes Opfer erkauft wurde.

Immer heller, immer freudiger wurde ihm zu Sinn. Er kramte sein Scheckbuch hervor und berechnete seine Ersparnisse. Zum Teil aus Bequemlichkeit, zum Teil, weil ihm jede kaufmännische Ader fehlte, hatte er seine Einnahmen stets auf die Bank getragen, so dass er sie jeden Tag abheben konnte. Es waren fast 25.000 Mark. Wenn er hinzurechnete, was noch an Rechnungen ausstand, mochten 30.000 zusammenkommen.

Gegen das große Vermögen seiner Braut eine Bagatelle, aber in dieser Stunde doch ein Schatz für ihn, denn dies Geld gab ihm die Freiheit, ein bis zwei Jahre als sein eigener Herr zu leben, auch wenn der Aufenthalt im Süden nicht billig sein würde.

„Was dann kommt, darüber mag eine höhere Macht entscheiden. Ein Jahr so großen Glücks muss doch Wunder wirken."

21.

Gegen Abend machte er sich auf den Weg zu Vermährens. Irene hatte ihn nicht erwartet, und die Freude, mit der sie ihn willkommen hieß, verstärkte noch seine hoffnungsfrohe Stimmung. Am liebsten hätte er sie gleich bei Seite genommen und offen mit ihr über seine Pläne und Wünsche gesprochen. Aber es war Besuch da, Beiers und Grete Thode, die Tochter des Senators und Irenes Schulfreundin. So musste er sich an der allgemeinen Unterhaltung beteiligen, und es wurde ihm heute leicht, weil in seinem Herzen eine geheime Fröhlichkeit war, die ihm auch das gleichgültigste Gespräch verklärte.

Irene fühlte seine veränderte Stimmung. So zwanglos liebenswürdig und heiter war er seit Wochen nicht gewesen. Sie lächelte ihm heimlich zu, und er antwortete mit einem Blick, als wollte er sagen: „Wart nur, für dich hab ich noch etwas Schönes."

„War Egon bei dir?" fragte Frau Konsul.

„Nein, wollte er mich aufsuchen?"

„Ja, er musste zum Hafen, die ‚Anna Vermähren' ging in See, und auf der Rückfahrt wollte er bei deiner Wohnung vorfahren, ob du vielleicht mit herauskämest."

„Ich bin gleich vom Krankenhaus aus hergekommen, habe aber meiner Wirtschafterin gesagt, dass ich herführe. Die wird es ihm wohl mitteilen."

„Du bleibst zum Abendbrot?" Irene flüsterte es ihm heimlich zu. Es brauchte keiner zu hören, wenn er nein sagte. Aber er presste zärtlich ihre Hand. „Ja, Liebling, heute bleib ich so lange, bis Tante Anna mich aus der Tür setzt. Sag mal, müssen wir uns hier den ganzen Abend nett unterhalten?"

„Wenigstens so lange Grete Thode da ist. Aber sie geht bald, sie muss um 8 Uhr in Wandsbek sein.

Eine halbe Stunde später geleitete Irene die Freundin zur Gartenpforte. Marung benutzte die gute Gelegenheit ebenfalls, um sich einem Vortrag Onkel Beiers über Wechselrecht zu entziehen, was in aller Welt gingen ihn Wechsel an, und als sie zusammen im Garten standen, kam Peter.

„Na, da bist du ja schon. Ich störte deine alte, brave Dame anscheinend beim Nachmittagsschlaf. Sie rieb sich lange die Augen, ehe sie mir nur endlich mitteilte, du wärest wahrscheinlich schon hier. Wart mal, dann hat sie mir diesen Brief für dich mitgegeben. Er wäre vor einer Stunde gekommen, mit Eilboten, ich sollte ihn dir gleich geben."

Marung warf einen Blick auf die Adresse und seine Züge verdunkelten sich. Es war die Hand seines Vaters. Was konnte der ihm so Wichtiges mitzuteilen haben, dass er einen Eilbrief sandte? Ein zweiter Blick zeigte ihm, dass der Brief aus Kiel kam. Sein Vater war also in Deutschland, seit vielen Jahren zum ersten Male, und er musste sich plötzlich zu der Reise entschlossen haben, denn als er vor einigen Wochen zuletzt geschrieben hatte, erwähnte er mit keiner Silbe etwas davon.

„Willst du den Brief nicht gleich lesen?", fragte Irene, sobald die Pforte sich hinter der Freundin geschlossen hatte. „Komm, wir setzen uns hier in die Grotte. Peter, Onkel Beier ist drinnen und möchte einen Vortrag über Wechselrecht los werden. Hans ist ihm eben davongelaufen und dein Vater ist noch nicht zu Hause."

Peter nickte gutmütig. „Ich habe die Geschichte mindestens schon zehnmal genossen, und ehrlich gesagt, er …, aber meinetwegen! Wenn 's ihn glücklich macht, kann er 's mir zum elften Male erzählen."

Marung riss den Brief auf, es waren nur wenige Zeilen.

„Lieber Sohn!

Ich komme morgen nach Hamburg und habe etwas Wichtiges mit Dir zu besprechen. Halte Dich bitte gegen 8 Uhr zu Hause. Wegen meines Unterkommens bemühe Dich nicht, ich logiere im Hotel. Deiner Braut beste Grüße, es wird mich freuen, sie kennenzulernen.

Dein Vater."

Irene beobachtete ihren Verlobten, während er las und sah, wie seine Lippen sich zusammenpressten.

„Von meinem Vater", sagte er. „Er kommt morgen. Er freut sich, dich kennenzulernen."

Sie fühlte, dass da noch irgendetwas war, was er nicht aussprach, „Dann kommst du morgen Abend mit ihm heraus, nicht wahr? Oder kannst du dich schon zu Mittag freimachen?"

„Vor dem Abend wird es nichts werden. Er scheint hier geschäftlich zu tun zu haben.

„Bleibt er länger? Mag er nicht bei uns wohnen?"

„Über sein Bleiben schreibt er nichts. Und da er selbst sagt, er wünschte, im Hotel zu logieren, so macht euch keine Umstände".

Wie Mehltau war es auf Marungs glückliche Stimmung gefallen. Eine Ahnung war in ihm, dass diesem Besuch seines Vaters keine erfreulichen Ursachen zugrunde lagen. Jedenfalls beschloss er, nun doch so lange von seinen Zukunftsplänen zu schweigen, bis er wusste, was diese wichtige Mitteilung bedeutete.

Er hatte einige Wochen vorher einen alten Freund aus Stockholm gesprochen, der ihm erzählt hatte, die Bank, an welcher sein Vater als Direktor angestellt war, müsste großartige Geschäfte machen und ihren Beamten riesige Tantiemen abwerfen, denn der Direktor lebe wie ein kleiner Fürst und seine Gesellschaften kosteten Unsummen.

Daran musste er jetzt denken. Er hatte zwar keine Veranlassung, zu glauben, dass die Bank nicht glänzend ginge, aber immerhin, sein Vater hatte von jeher eine übermäßige Vorliebe für Glanz und Luxus gehabt. Der Doktor, der so gar keinen Geschäftssinn besaß, hatte sich nie den Kopf darüber zerbrochen, ob Einnahmen und Ausgaben des väterlichen Hauses in richtigem Verhältnis zueinander ständen. Es war ihm genug, dass er selbst seit Jahren auf eigenen Füßen stand und väterlicher Hilfe nicht bedurfte. Zum ersten Mal kam ihm ein unbehagliches Gefühl, dass irgendetwas nicht in Ordnung sei, denn bei der Entfremdung, die zwischen Vater und Sohn herrschte, konnten nur schwerwiegende Gründe den Alten zu diesem Besuch veranlassen.

Einsilbig ging Marung neben seiner Braut in den Wegen des Gartens, bis er merkte, dass ein schmerzlicher Ausdruck in ihre Züge getreten war. Da riss er sich zusammen und suchte die glückliche Stimmung wieder wachzurufen, die noch vor einer Stunde zwischen ihnen geherrscht hatte, und sie gab sich Mühe, darauf einzugehen. Aber als sie sich abends trennten, hatten beide das Gefühl, dass dieses Zusammensein ihnen nicht das gegeben hatte, was sie von ihm erwartet hatten.

Irene lag noch lange wach und grübelte darüber nach, was den Geliebten verstimmt haben mochte, und was er vor ihr verheimlichte. Sosehr er sich zusammengenommen hatte, seine Gedanken waren augenscheinlich immer wieder auf einen Punkt zurückgegangen. Dass eine Verstimmung zwischen ihm und dem Vater geherrscht hatte, darüber waren Jahre vergangen, und was sie entzweit hatte, war überwunden. Oder ... mit einem Ruck saß sie plötzlich aufrecht? Ihr Herz schlug wie ein Hammer, brausend stieg ihr das Blut in den Kopf.

Wenn es doch nicht überwunden war? Wenn die Erinnerung wieder auferstanden war aus ihrem Grabe? Wenn er darum in den letzten Wochen so wechselnd gewesen war in seinem Wesen? Konnte man denn je so etwas ganz verwinden? Konnte ein Mensch, dem man so nah gestanden hatte, ganz ausscheiden aus seinem Leben? Ihn vergessen, als sei er nie dagewesen?

Jahre waren vergangen, acht Jahre! Was wollte das sagen? Wenn sie, Irene, den geliebten Mann hergeben müsste, keine Zeit, keine Ewigkeit könnte sein Bild auslöschen in ihrem Herzen.

Waren die Empfindungen der Männer so anders? Konnten sie ihre Liebe wechseln wie ein Gewand? Wer stand ihr dann für die Sicherheit ihres eigenen Glücks? Sie presste die Hände gegen den Kopf. Um Gottes Willen, wo kam sie hin, was waren das für Gedanken. War sie nicht im Begriff, alles in den Staub zu ziehen, was ihr bisher wie ein Heiliges erschienen war? Die Liebe ihres Verlobten, ihr großes, reiches Lebensglück, sie wurden entweiht, beschmutzt durch diese Zweifel. Nein, was auch Unausgesprochenes zwischen ihnen stehen mochte, der Liebe des Geliebten war sie sicher. Was auch kam, sie trugen es zusammen. Den Glauben konnte ihr niemand nehmen.

22.

„Und da bin ich nun, lieber Hans! Ich hoffe, du hast dich meinetwegen nicht derangieren müssen."

„Es ließ sich wenigstens einrichten, dass ich jetzt zu Hause bin. Hättest du mir geschrieben, mit welchem Zug du kämest."

„Ich wollte dich nicht so spät stören gestern Abend und hatte mir im „Kronprinzen" Zimmer bestellt."

„Du bist schon seit gestern hier?"

„Richtiger gesagt: seit heute, es war nach Mitternacht. Apropos, viele Grüße von deiner Braut, ich habe ihr und ihren Verwandten heute Vormittag meine Visite gemacht." Und ohne auf das betroffene Gesicht des Sohnes zu achten, fuhr der Direktor liebenswürdig gesprächig fort: „Du wunderst dich, dass ich dich vorher nicht aufgesucht habe, aber ich sagte mir: Ein berühmter Arzt hat am Vormittag zu tun, warum ihm die Zeit stehlen, übrigens, du hast Geschmack bewiesen, das muss ich zugeben, großen Geschmack. Das junge Mädchen, ihre Umgebung, die Firma – lieber Sohn, ich hab mich so unter der Hand umgehört, prima! absolut prima!"

Marung war die leichte Art seines Vaters unangenehm. Seit acht Jahren hatten sie sich nicht gesehen, und der elegante, nur wenig ergraute Kavalier im tadellosen Gehrock, mit den zartgrauen Handschuhen, der weißen Gardenia im Knopfloch, mit den verbindlichen, oberflächlichen Manieren des aristokratischen Nordländers erschien ihm wie ein Fremder. Vater – das Wort war ein Klang, für ihn ohne Wert und Bedeutung.

„Die Herrschaften haben mich sehr liebenswürdig aufgenommen, und ich habe für uns beide das Versprechen gegeben, dass wir heute Abend hinauskommen werden."

„Ist es dir dann recht, wenn wir jetzt zum Essen gehen? Ich glaube nicht, dass die Kochkünste, meiner Wirtschafterin dir genügen. Oder ... du schriebst von einer wichtigen Angelegenheit."

Direktor Marung lehnte sich im Sofa zurück und legte die Fingerspitzen gegeneinander, wie es seine Art war, wenn er sich auf eine freundliche Auseinandersetzung vorbereitete.

„Allerdings, ich schrieb so, das heißt, eine nervenaufreibende Sache ist es nicht. Ich schrieb ein wenig in Eile, da sieht man seine Ausdrücke nicht genügend. Ich wollte dich nämlich um eine kleine Gefälligkeit bitten."

„Du mich?"

„Der Vater den Sohn; ist das so wunderbar?"

„Nein, gewiss nicht, entschuldige. Nur ... du hattest noch nie Wünsche an mich."

„Man soll seinen Kindern nicht lästigfallen, das ist ein Grundsatz von mir. Du bist oft unzufrieden mit deinem Vater gewesen, hattest kein Verständnis für mein Tun und Lassen – o bitte, keine Entschuldigungen, – wir wollen nicht weiter darüber sprechen. Verschiedene Charaktere, ja, und die Jugend hat von jeher das Recht des richtigen Urteils für sich in Anspruch genommen. Eins wirst du mir aber zugeben müssen, knapp gehalten hab ich dich nie. Und du – ich will dir gewiss keinen Vorwurf machen, Gott behüte; ein anderer an deiner Stelle hätte mich ganz anders ausgenutzt, aber immerhin, gerechnet hast du nicht. Hattest es nie nötig!"

„Ich hab dir Dank gewusst dafür. Dass ich jetzt hier stehe in meiner Stellung, das ist nur durch deine Opfer während meiner Studienjahre möglich gewesen."

„Mein Gott, Opfer! So große Worte! Indes, ich hoffe, dass du meine Handlungen jetzt etwas gerechter beurteilst. Wäre ich nicht dazwischen getreten, damals."

„Wir wollen vergangene Dinge ruhen lassen."

„Aber gewiss, natürlich. Wenn du deine reizende Braut ansiehst, wirst du doch heimlich froh sein."

„Darf ich dir nicht eine Zigarre anbieten?"

„Danke, danke. Ich rauche immer noch nur Zigaretten." Er zog ein silbernes Etui hervor. „Also, wenn du gestattest, es plaudert sich angenehmer. Ist Eure Hochzeit schon bestimmt?"

„Jedenfalls wird sie in diesem Herbst sein?"

„Ihr werdet Euch wohl großartig einrichten? Wie man mir erzählt hat, heiratest du einen Goldfisch." Ein scharfer, schneller Blick zuckte unter den halb gesenkten Lidern hervor, hinüber zum Sohn."

„Ich bestreite das durchaus nicht. Es hat aber auf meine Wahl keinen Einfluss gehabt. Ich bin so gestellt, dass ich auch einer unvermögenden Frau eine sichere Zukunft bieten kann."

„Das freut mich zu hören. In erster Linie natürlich deinetwegen, aber – nun, jeder Mensch ist am Ende Egoist. Es macht mir mein Anliegen leichter." Er streifte mit eleganter Handbewegung die Asche seiner Zigarette in die Schale, tat einige frische Züge, wartete, dass der Sohn eine entgegenkommende Frage stelle, – aber der schwieg, – und so fuhr er immer in demselben Plauderton lächelnd fort.

„Es handelt sich um eine momentane Verlegenheit, dergleichen kommt einmal vor, aber als Bankdirektor, du begreifst wohl, muss man sehr vorsichtig sein. Es entstehen leicht übertriebene Gerüchte. Darum möchte ich dich fragen, kannst du mir bis zum ersten April kommenden Jahres vierzigtausend Mark leihen?"

„Was meinst du?"

Der Bankdirektor lächelte. „Ich weiß natürlich nicht, ob du bereits so viel auf die hohe Kante gelegt hast, aber als Verlobter einer so glänzenden Partie."

„Bitte, lass meine Braut aus dem Spiel."

„Also könntest du mir diese Gefälligkeit erweisen? Selbstverständlich gegen angemessene Zinsen."

„Nein."

„Du … du … kannst nicht."

„Ich kann nicht, und" – eine kurze Pause, ein stahlhartes Ineinanderblicken zweier Augenpaare, „ich will nicht!"

„Ah! Du bist deutlich!"

„Ich will dir meine Gründe nennen, damit du nicht an eine kindische Rache glaubst wegen vergangener Dinge. Dergleichen liegt mir selbstredend fern. Aber ich besitze die geforderte Summe gar nicht, und was ich besitze, brauche ich für meine Zukunft absolut selbst."

„Ich sagte dir bereits, am ersten April."

„Ich brauche es sofort."

Es trat eine längere Stille ein. Der Direktor rauchte immer noch in gleichmäßigen Zügen, und die Fingerspitzen seiner Linken spielten auf der Seitenlehne des Sofas, aber sein Gesicht war blass geworden, und er sah plötzlich um zwanzig Jahre älter aus.

Der Sohn sah die Veränderungen und fühlte, bei diesem Gelde handelte es sich um weit mehr als eine vorübergehende Verlegenheit. Aber er konnte nicht helfen, er konnte nicht, es ging für ihn selbst um Sein oder Nichtsein.

„Du wirst bei deiner angesehenen Stellung in Stockholm doch sicher Freunde haben."

Eine abwehrende Handbewegung. „Freunde in der Not ... lassen wir das." Plötzlich flog die Zigarette in den Aschbecher, mit einem Ruck sprang er in die Höhe und stand vor dem Sohn. Scharf und schneidend klang seine Stimme: „Hier kommt es nicht darauf an, ob du kannst oder willst. Du musst!"

Auch der Doktor war aufgefahren. „Ich muss? Warum?"

„Weil es um Leben und Tod geht."

„Um dein Leben?"

„Um deins gerade so gut. Wenigstens um das, was für Unsereinen zum Leben gehört, Ehre, Ansehen, Stellung."

„Was du da andeutest. Nein, das glaube ich nicht. Du willst mich erschrecken."

„Du wirst es schon glauben müssen, wenn deine vornehme neue Verwandtschaft dir sagt, dass sie keine Neigung verspürt, einen Mann in ihrer Mitte aufzunehmen, dessen Vater im Zuchthaus sitzt."

„So weit wird es kommen?" – „Nein, du hast recht, soweit wird es nicht kommen. Es gibt noch ein Mittel, sich davor zu bewahren."

„Bitte schweig!"

Wieder trat eine lange Stille ein. Der Doktor stand am Fenster und starrte auf den Platz hinab, wo ein niedergehender Gewitterregen Damm und Fußsteige mit trüben Lachen bedeckte, Schlamm und Schmutz aufspritzen ließ und dicke, ekelhafte Ströme in die Gassen trieb. Ihm war zumute wie einem Menschen, der plötzlich hinterrücks einen betäubenden Schlag erhalten hatte, keinen Schmerz spürte und keinen Zorn, nur eine dumpfe, grässliche Lähmung in allen Gliedern und eine Leere im Kopf, in den Gedanken.

Allmählich kam es ihm zum Bewusstsein, dass jemand zu ihm sprach, halblaut, erregt, zischend vor Hast. Die Worte fielen in sein Ohr, der Sinn blieb ihm fern. Es war nur ein Geräusch, ein Ton, so wie das Klatschen und Platschen draußen auf den Steinen, in Schmutz und Kot.

Und plötzlich ein Ruck in seinem Geist, ein grelles, scharfes Licht, eine fremde Stimme in ihm, die klar und deutlich sagte: Dein Leben ist beschmutzt.

Wieder dies hastige, heisere Flüstern. „Sie spielen ja alle an der Börse. Wie soll man es denn anders machen. Wenn man nicht repräsentiert in solcher Stellung, glauben sie, man kann es nicht, und es gibt keinen Kredit. Immer hab ich recht gehabt bei meinen Spekulationen, nie hab ich mich verrechnet, nie – nur dies eine Mal. Herr Gott! Steh doch nicht so stocksteif! Begreifst du denn gar nicht? Freitag muss es in der Kasse sein. Du kannst ganz ohne Sorge sein, es ist dir doch nicht verloren." Die Stimme brach ab. Wieder

Schweigen, schwüles, lauerndes Schweigen. Plötzlich richtete sich der Direktor straff empor, laut und hart wurde sein Ton. „Also dann, wenn du nicht willst. Ich glaube, der Konsul Vermähren wird menschlicher denken als mein eigener Sohn."

Marung flog herum. „Bist du wahnsinnig? Wage es, ihm ein Wort zu sagen, und wir sind für immer geschiedene Leute."

Ein hässliches Lachen. „Das dürften wir auch so sein künftighin, oder hast du dir die Sache doch vielleicht überlegt?"

„Vierzigtausend?"

„Ja."

„Und in drei Tagen?"

„Ja"

„Ich habe nicht so viel, aber das muss sich finden. Ich kann mein Gehalt verpfänden."

Ein tiefer Seufzer der Erleichterung. „Ich wusste, dass dein kindliches Empfinden dir den rechten Weg …"

„Bitte, lass alle Gefühle aus dem Spiel. Ich werde das Geld beschaffen, aber ich stelle zwei Bedingungen."

„Du brauchst nur die Höhe der Zinsen zu bestimmen."

„Das Geld gebe ich verloren. Wie willst du in einem halben Jahr ohne neue Spekulationen solche Summe erübrigen? Ich muss noch einmal von vorne anfangen, aber das ist meine Sache. Also erstens: Du fährst noch heute Abend nach Stockholm zurück."

„Ah!" Der Direktor biss sich in die Lippe. „Soll das heißen, dass du mich nicht im Hause deiner Braut …"

„Wir wollen keine Zeit mit peinlichen Erörterungen

verlieren. Ich werde einen Boten hinaussenden mit der Nachricht, dass du telegraphisch zurückgerufen seiest. Das Geld, hoffe, ich bis morgen Mittag beschaffen zu können, und übersende es telegraphisch durch die Deutsche Bank. Bist du einverstanden?"

„Ja"

„Und das Zweite: Du legst nach der Rückkehr sofort aus Gesundheitsrücksichten dein Amt nieder."

„Bist du wahnsinnig?"

„Ich bin mir im Gegenteil sehr klar. Solche Situation darf nicht wiederkehren. Das bin ich meiner Ehre und der meiner künftigen Familie schuldig. Ich muss dich vor neuen Versuchungen bewahren, wenn du es nicht selbst kannst."

„So wagst du zu deinem Vater zu sprechen?"

„Traurig genug, dass ich es muss. Gehst du auf meine Bedingungen ein?"

„Soll ich mir selbst den Hals abschneiden? Wovon soll ich denn künftig leben? Willst du nicht auch die Freundlichkeit haben, dir darüber klarzuwerden?"

„Du hattest doch noch einige Nebenämter."

„Pah, die paar Tausend, die das bringt."

„Mancher wäre froh damit."

„Mancher! Ja, wer immer da unten in dem Haufen vegetiert hat. Ich kann so einfach nicht existieren."

„Du musst zum Entschluss kommen."

„Mein Gott, so begreif doch! Wenn ich dir mein Ehrenwort gebe! Du kennst doch meinen Charakter. Es ist nie etwas vorgekommen."

Es schwebte Marung auf der Zunge: „Ja, ich kenne deinen Charakter. Der hält dich in Zukunft so wenig, wie er dich jetzt gehalten hat." Aber er drängte die Worte zurück. Nur keinen Streit, keine Beschimpfungen. Die Sache war so widerlich, dass jedes unnötige Wort zu viel war.

„Ich kann nicht abgehen von meiner Bedingung. Aber du musst dich eilen. Wenn das Geld morgen überwiesen werden soll, muss ich noch heute die nötigen Schritte tun. Und die Bank wird in einer Stunde geschlossen."

„Dass ich darauf eingehe, glaubst du doch selbst nicht. Schließlich wird es ja auch noch andere Menschen geben, von denen ich mir das Nötige verschaffen kann."

„Du wirst nicht zu Vermähren gehen."

„Wer will mich abhalten?"

„Ich."

„Da wäre ich neugierig."

Marung war weiß bis in die Lippen, seine Augen lagen tief in den Höhlen, ihm war, als müsste im nächsten Augenblick sein Verstand versagen. Aber mit eiserner Willenskraft zwang er seine Stimme zur Ruhe. „Wenn du das tust, telegraphiere ich an die Bank und veranlasse eine sofortige Revision." Ganz langsam, Wort für Wort kam es von seinen Lippen.

Der Direktor stieß einen heiseren Schrei aus. „Das ... das ... ah ... das ist infam!"

„Du zwingst mich dazu."

„Pah! Du drohst! Du wirst das nicht tun!"

„Ich werde es tun, verlass dich darauf. Und nun bitte, entscheide dich, ich habe keine Minute mehr zu verlieren."

Auge in Auge, unbeweglich, standen sie sich gegenüber. Der Alte hatte eine Stuhllehne gepackt und krampfte seine Hände in hartem Druck darum, dass die Adern wie blaue Strähnen hervortraten.

Im Nebenzimmer schlug eine Uhr halb fünf.

„Sie schließen die Bank in einer halben Stunde, was hast du beschlossen?"

Krachend flog der Stuhl in die Ecke. „Also geh. Geh hin! Tu, was du willst. Ich muss mich wohl fügen."

Zu Tode erschöpft kehrte Marung abends von der Bahn heim. Sein Vater war abgereist. Als er die Treppe zu seiner Wohnung hinaufstieg, öffnete oben seine Wirtschafterin die Tür.

„Mein Gott, Herr Doktor, was ist mit Ihnen? Ich hörte, den Schritt, ich dachte, es käme ein Kranker."

Er wehrte sie mit müder Handbewegung ab. „Es ist nichts. Die ewige Gewitterluft heute."

In seinem Zimmer sank er auf einen Stuhl. Die furchtbare Spannung der letzten Stunden ließ nach, seine Nerven versagten. Ein Schwindel packte ihn, und seine Zähne schlugen wie im Frost aufeinander.

Nach zehn Minuten besann er sich.

„Also noch einmal anfangen", sagte er ganz laut, und stand auf.

Jetzt wurde der Kampf erst hart. Er musste aushalten in seiner Stellung, denn er hatte das Gehalt des nächsten Jahres verpfändet an einen Geldverleiher, um die ganze geforderte Summe zu beschaffen. Ein Fortgehen aus dem Beruf gab es nicht mehr. Und wenn seine Willenskraft erlahmte, wenn er nur ein einziges Mal wieder dem brennenden Verlangen nachgab? Ach, wie es ihn wieder in diesem Augenblick lockte und peinigte, dann ging es rettungslos bergab.

Langsam stand er auf. Es gab nur eins: Kämpfen bis zum Zusammenbrechen.

Drei Monate lang hielt er aus. Dann, in einer furchtbaren Stunde, als er aufs Äußerste erschöpft mitten in der Nacht zu einer Todkranken geholt wurde, unterlag er zum ersten Mal.

23.

Es war der Vormittag des Weihnachtsabends. Irene stand auf einer Trittleiter im Saal, der nur bei festlichen Gelegenheiten geöffnet wurde und schmückte den Tannenbaum. Eine Edeltanne war es, stolz und breit, der Gipfel reichte bis an die Decke.

Frau Konsul kam hastig herein: „Hier ist der Wachsstock, Kind, Siemers hat ihn eben mit aus der Stadt gebracht. Soll Egon dir helfen? Er fährt erst in einer Stunde zur Börse.

Wo ist der Tisch für deinen Verlobten? Na ja, so mag es gehen, ihr beiden an der einen Seite des Baumes, Onkel und ich an der andern. Aber, dass du Klara Levermann wieder Bücher schenkst."

„Was sonst? Aus Schmuck macht sie sich nichts."

„Na, Gelehrsamkeit hat sie doch genug: Ein hübscher Kleiderstoff wäre viel praktischer. Das Graue, was sie jetzt immer anhat, ist schon ziemlich passé."

„Ein derartiges Geschenk würde sie beleidigen."

„Es ist schrecklich, wenn Menschen, die kein Geld haben, so empfindlich sind. Man meint es doch bloß gut mit ihr."

„Hat Peter eigentlich gesagt, ob Bernhard Schmidt kommt?"

„Er kommt nicht bloß, er ist schon da", scholl es

von der Tür her. „Ja, nun wundert euch mal. Ich bin mitten aus der Arbeit fortgelaufen, das heißt, ich habe Urlaub bis Neujahr, damit ich die Koffer packen kann. Peter", er wandte sich ungeniert in den Flur zurück und seine Stimme scholl durch das Haus: Peter! Peter! Wo steckst du? Oben? Komm mal runter, ich hab 'ne Neuigkeit.

Ja, Tante Anna, die Hungerzeit mit fünfhundert Talern im Jahr hat ein Ende. Neujahr geht 's nach England, auf zwei Jahre, für die Firma. Großartiger Kontrakt! Und nach der Rückkehr dauernde Stellung hier mit Tantiemen. Irene, altes Mädchen, ist es nicht fein?"

Sie streckte ihm beide Hände hin. „Von ganzem Herzen Glück, Bernhard. Hoffentlich", ein flüchtiger, schelmischer Blick, „darf ich dir bald noch einmal Glück wünschen."

Er drückte kräftig ihre Finger. „Herrgott, wie kann ein Mensch nur so vergnügt sein. Sagt mal, kommt heute Abend noch mehr Besuch?"

„Nur Klara Levermann."

„Soso! – Du Irene, was wünscht du dir? Ich möchte dir zu gerne etwas schenken."

„Bring uns ein paar Rosen, wenn du dich so als Krösus fühlst."

„Rosen?"

„Meinst du nicht, dass man die jedem jungen Mädchen schenken kann?"

Er sah sie an, verstand und lachte: „Also auf Wiedersehen heute Abend. Peter, du darfst mich in deinem Wagen mit zur Stadt nehmen. Adieu, Tante Anna." In der Tür wandte er sich noch einmal um. „Rote oder weiße, Irene?"

„Darüber musst du dein Herz befragen."

Kaum war die Tür in das Schloss gefallen, da sagte Frau Konsul auch schon erregt: „Glaubst du wirklich, er meint Klärchen?"

„Wie lange schon, Tante."

„Und sie?"

„Sie ist schwerer zu ergründen. Er muss eben sein Heil versuchen."

„Und ich dachte immer noch, er sollte Agathe Albrecht nehmen."

„Die kann er doch nicht ausstehen."

„Aber es wäre in jeder Beziehung eine so sehr passende Partie gewesen." Und mit einem Kopfschütteln: „Ich weiß nicht, diese Art, wie heute die Ehen geschlossen werden, so ganz ohne vernünftige Überlegung, ich kann sie nicht billigen."

Die Dämmerung kam. Irene stand am Fenster ihres Schlafzimmers und schaute über die entlaubten Bäume hinweg auf das schimmernde Wasser, das von dem dunklen Rot der sinkenden Sonne mit feurigen Lichtern gezeichnet wurde. Sie träumte vor sich hin, aber ihre Züge trugen dabei einen müden, ernsten Ausdruck, und in ihren Augen war ein feuchter Glanz wie von heimlichen Tränen.

Das letzte halbe Jahr war zu einem Martyrium für sie geworden. Immer seltener wurden Marungs Besuche, immer wechselnder seine Stimmung. Bald war er wortkarg, kühl, den Angehörigen gegenüber fast schroff, dann wieder gegen Irene von der alten, hinreißenden Liebenswürdigkeit, und gegen seine Braut so leidenschaftlich, ja, eifersüchtig zärtlich, dass es sie mehr erschreckte, als beglückte.

Von der Hochzeit sprach keiner. Es war wie ein

heimliches Einverständnis, diesen Punkt nicht zu berühren.

Einmal, bald nach dem Besuch seines Vaters, der so merkwürdig schnell wieder abgereist war, hatte sie selbst davon begonnen. Da hatte er sie in den Arm genommen und gebeten: „Irene, wenn du mich wahrhaft lieb hast, lass uns noch warten. Ich kann jetzt nicht heiraten, jetzt nicht. Es sind Hindernisse da. Ich werde deine Liebe nicht auf eine zu harte Probe stellen, ich sehne mich ja selbst so unsagbar, dich endlich ganz mein zu nennen, aber noch geht es nicht."

Und sie hatte mit tapferem Lächeln geantwortet: „Ich will dich doch wahrhaftig nicht quälen, Liebster. Ich würde wie ein weiblicher Jakob auch sieben Jahre auf dich warten, wenn du mir sagst, dass es nötig ist. Aber sag mir, was dich quält, denn dass da etwas ist, hab ich längst gesehen. Und wir haben uns doch das Wort gegeben, Freud und Leid gemeinsam zu tragen. Nun gib mir meinen Teil an deinem Leid."

„Du hast mir auch noch ein anderes Versprechen gegeben, mein Liebling, mir immer ganz und voll Vertrauen zu schenken. Kannst du es jetzt nicht? Später, wenn du erst mein geliebtes Weib bist, oder auch schon vorher, wenn wir den Hochzeitstag endlich festsetzen können, sollst du meine Gründe erfahren. Vertraust du mir, Irene?"

Da hatte sie versprochen, zu warten und zu schweigen.

Die Welt aber schwieg nicht. Man klatschte, und munkelte über diese seltsame Verlobung, die nie zur Ehe zu führen schien. Anderthalb Jahre dauerte sie, und es gab gar keinen sichtbaren Grund, dass sie nicht endlich zum glücklichen Ende kam. Und was die lieben Nächsten an Verdächtigungen zusammenbrachten, das trug Frau Albrecht mit Kopfschütteln und Bedauern ihrer lieben Freundin zu, bis Frau Konsul vor innerer Aufregung fast die Gelbsucht bekam.

Wenn sie auch an all den Tratsch nicht glaubte, dass der Doktor ältere Verpflichtungen hätte, dass die pikante Frau Doktor Gastheimer dahinter stecke, denn die war wieder in der Stadt, ja, dass er damit umginge, Hamburg ganz zu verlassen, – unerhört war es von ihm, da mochte man nun sagen, was man wollte. Ganz nichtige Gründe waren es, mit denen er die Hochzeit hinauszögerte. Und Irene redete ihm noch das Wort, behauptete ganz mit ihm im Einverständnis zu sein, auch wenn er sich die ganze Woche nicht sehen ließ, also, da war nichts zu machen. Ihr Mann schwieg ja auch zu allem, der war immer dafür, man dürfe sich nicht in anderer Leute Angelegenheiten mischen, und wenn es die nächsten Angehörigen wären.

Es war ganz unglaublich. Und so etwas in ihrer Familie, die niemals den geringsten Anlass zu Gerede gegeben hatte. Sie nahm sich vor, Marung gegenüber die Sache selbst zur Sprache zu bringen, am besten unter dem Tannenbaum in der weihnachtlichen Stimmung, da lässt sich im günstigen Augenblick manches andeuten, ohne dass der andere gleich gereizt wird.

Sie wusste nicht, dass Irene bereits selbst die Frage an ihr Schicksal gestellt hatte. Vor fünf Tagen war sie zuletzt mit dem Verlobten zusammen gewesen. Sie hatten „Lohengrin" im Stadttheater gehört.

Marung hatte einen abgespannten, erschöpften Eindruck gemacht. Er sei ein wenig überarbeitet, hatte er auf eine Frage des Konsuls geantwortet. Während des Festes sei ruhige Zeit im Krankenhause, da werde er sich wohl wieder besinnen. Als nach dem ersten Akt Vermährens in das Foyer gingen, bat er Irene, auf dem Platze zu bleiben, und sie tat es gern, um einige ungestörte Worte mit ihm wechseln zu können.

„Weißt du, Hans, ich werde dich künftighin Lohengrin nennen, du hast dir entschieden ein Beispiel an ihm genommen."

„Wie meinst du das?"

„Nie sollst du mich befragen, noch wissend Sorge tragen", summte sie halblaut. „Ach Hans, wir armen Mädchen scheinen oft zu einem Wandern im Dunkel verurteilt zu werden."

Er streichelte zart ihre Hand.

„Nun Hans?"

„Mein armes, geliebtes Mädchen!"

„Arm, wenn du mich liebst? Oder ist das der Grund – hast du mich nicht mehr lieb?" Er sah sie an mit einem Blick, so schmerzlich und doch voll so grenzenloser Liebe, dass es sie durchschauerte. „Wie kannst du nur so fragen?"

„Aber dann begreife ich dich nicht!"

„Es wäre besser für uns beide, wenn …"

Vermährens kamen zurück, er brach ab. Irenes innere Angst war auf das Höchste gestiegen. In derselben Nacht noch schrieb sie ihm:

„Mein Hans!

Was Du mir heute Abend sagtest, lässt mich nicht zur Ruhe kommen. Ich habe den Nachsatz wohl verstanden. Es wäre besser für uns beide, wir liebten uns nicht so sehr. So sollte es doch heißen? Aber warum, Liebster, warum? Was Du mir bist, das weißt Du selbst, davon will ich nicht reden; nur eins muss ich Dir sagen. Du hast mir in dieser Zeit unserer Verlobung solch großes Glück gegeben, dass ich alles Leid und alle Sorge, die künftighin kommen mag, freudig tragen will dafür.

Liebster, warum kannst oder willst Du nicht offen sein gegen mich? Ich habe das felsenfeste Vertrauen, wenn Du Dich nur aussprechen wolltest, ich könnte Dir helfen. Und wenn ich Dir nicht helfen kann, so tragen wir die Last zusammen; Du sollst sehen, sie drückt Dich weniger. Oder traust Du mir nicht zu, dass ich Dir ein starker, tapferer Kamerad sein kann? Hältst Du mich für verzogen und verwöhnt und meinst, ich werde Sturm und Donner scheuen? Stelle mich auf die Probe, Du geliebter Mann, und wenn ich feige und schwach bin, dann gib mich lieber auf. Dann bin ich Deine süße, starke Liebe gar nicht wert.

Denk nicht, Du willst mir etwas ersparen. Du willst Dein Sorgenbündel allein schleppen, und ich soll nur Sonnenschein und heiteren Himmel sehen. Das gibt es ja nicht, denn dazu kenne ich Dich viel zu gut und sehe jeden Schatten in Deinen Augen und jede Wolke auf Deiner Stirn. Und wenn Du Dir noch so viel Mühe geben würdest, mich durch Heiterkeit zu täuschen, ich höre den künstlichen Klang in Deiner Stimme und den Zwang in Deinem Lachen. Nein, mein Geliebter, Du ersparst mir nichts durch Dein Schweigen; Du machst meine Not und Sorge um Dich nur größer, wenn Du mich nicht für wert hältst, auch die bösen Tage mit Dir zu teilen.

Lange habe ich geschwiegen, ich wollte mich nicht in Dein Vertrauen drängen, ich hoffte, Du würdest von selbst sprechen. Aber so geht es nicht weiter, um Deinetwillen nicht.

Ach, wenn ich nur eine Ahnung hätte, was es ist,

das sich zwischen uns drängt. Ich zergrüble mich und finde nichts. Können es pekuniäre Dinge sein? Es scheint mir unmöglich, nach dem, was Du mir einmal über Deine Einnahmen und Deine geringen persönlichen Bedürfnisse gesagt hast. Aber wenn es doch so ist ... Es ist doch selbstverständlich; was Dein ist, ist mein, und was mein ist, ist Dein. Wenn ich heute keinen Pfennig mehr hätte, ich würde lachend zu Dir kommen und sagen: ‚Da hast Du Deine arme Kirchenmaus. Ich weiß, Deine Königin bleibe ich doch und wenn ich im Bettelkleid komme'. Wenn zwei Menschen sich so liebhaben, wie Du und ich, dann ist es niedrig, überhaupt an Geben und Nehmen zu denken. Also, das kann es doch nicht sein.

Aber was dann? Onkel fand Dich neulich ein wenig nervös, aber Doktor Reimers, der gerade da war, lachte ihn aus. Wir sollten nur sehen, welche Arbeitslast Du täglich bewältigtest, und wie sicher Deine Hand sei, auch bei den schwierigsten Operationen. Müde sei jeder nach solchem Tagewerk.

Ist es da nicht doppelt nötig, dass ich Dir bald ein stilles, warmes Heim bereite, wo Du ausruhen kannst von all dem Elend, das Du täglich sehen musst?

So bleibt nur eins, dass Du Dich geirrt hast, dass Du mich nicht mehr liebst wie früher. Verzeih; ich weiß, dass das nicht der Fall Ist. Ich bin Deiner Liebe sicher, so sicher wie meiner eigenen. Und wenn Deine Lippen lügen könnten; – sie können es nicht, aber wenn sie es könnten – deine Augen würden die Wahrheit sprechen. Und sie haben es mir noch heute Abend gesagt, dass Du mich liebst; unter Schmerzen freilich, aber doch liebst. Und weil ich das weiß, bitte ich Dich von ganzem Herzen, lass mich nicht länger in Unruhe.

In fünf Tagen feiern wir Weihnachten. Schenk mir an diesem Tag Dein Vertrauen, es ist der einzige Wunsch, den ich habe. – Und wenn Du mir den erfüllst, machst Du mich unbeschreiblich glücklich und dankbar.

Und so leb wohl, mein Lieb. Zwing Dich nicht, mir zu schreiben, solange Dein Entschluss nicht gefasst ist. Ich habe so lange gewartet, ich kann auch noch einige Tage warten. Mir ist jetzt nicht mehr bange. Es ist meine eigene Schuld, dass wir uns so lange gequält haben, ich hätte längst sprechen und mir mein Sorgenrecht fordern sollen. Nun ist es geschehen, nun wird es klarwerden. Und noch einmal, leb wohl, und auf ein glückliches Wiedersehen.

Immer Deine Irene."

Als Marung am nächsten Tag den Brief bekam, war es ihm, als erhielte er sein Todesurteil. Dies reine, starke Vertrauen, diese große, opferfreudige Liebe, – und er wusste, dass er seinem Geschick verfallen war, dass er sich nicht mehr frei machen konnte von dem Gift, mit dessen Hilfe allein er noch seinen Beruf erfüllen konnte. Er würde nie genesen.

Und Irene an solche Existenz binden? Sie zwingen, seinen Niedergang mit anzusehen, alle Kämpfe und Qualen in jahrelangem Elend mitzuerleben, bis zu dem grauenvollen Ende, – ohne Hilfe, ohne Hoffnung. Er wäre ein Schuft gewesen, wenn er so gehandelt hätte. Besser, sie lebt jetzt eine Zeitlang elend und besiegte dann ihre Liebe, als dass ihr reines Gefühl sich langsam in Mitleid und endlich in Verachtung wandeln musste.

Sein Herz tat ihm physisch weh, als er so den letzten, schwersten Kampf durchrang mit seiner ungestüm fordernden Liebe.

Einmal noch stieg die Versuchung auf, stark und heiß: „Sag' ihr die Wahrheit! Sie lässt dich nicht! – Nie lässt sie dich, und wenn du sie in das tiefste Elend hinabzerrst. Und dann, wenn sie dein ist, trotz allem, dann gib ihr Glück, heißes, wildes, todesstarkes Glück, wie unter Tausenden von Frauen kaum eine es erfährt. Schenk ihr ein Jahr voll Seligkeit, nur ein einziges Jahr, – du kannst es, wenn du rücksichtslos immer stärker zum Morphium greifst, – sei selbst glücklich dies eine Jahr, so verzehrend glücklich, wie nur Todgeweihte es sein können!

Und dann, wenn der Niedergang kommt, ein schnelles, schmerzloses Ende. Sie darf dich nicht sinken sehen, und sie wird dir vergeben, weil sie dich liebt, weil sie dir den Frieden gönnen wird, weil ihr die Erinnerung bleibt an das Paradies, in dem wir ein Jahr lang zusammengelebt haben. Wie viele Frauen haben solche Erinnerung?"

Wie es ihn lockte und peinigte. Wie seine sehnsüchtigen Gedanken ihm mit unerträglicher Deutlichkeit die süßen Stunden ihres Zusammenlebens ausmalten. Wie seine ganze, starke Manneskraft sich empörte gegen Entsagung und Einsamkeit.

Und er hatte niemand neben sich, keinen Freund, keinen Bruder. Allein musste er sich durchkämpfen, und nie durfte ein Mensch von diesem Kampf erfahren. Nahe, ganz nahe war er am Unterliegen. Zu warm, zu innig baten die zärtlichen Worte der Geliebten.

„Ich kann sie nicht von mir stoßen! Herr, mein Gott, erbarme dich; ich kann es nicht."

Da durchfuhr ihn ein Gedanke, plötzlich, wie von

fremder Hand in seine Seele geschleudert: „Und wenn ein anderer zahlen müsste für euer Glück? Wenn einmal dein Sohn dich verwünschen würde, weil ein kranker Vater ihm das Leben gegeben?"

Eisigkalt legte es sich auf sein stürmendes Empfinden. Vor seinem geistigen Auge sah er die armen, kranken Geschöpfchen, deren Väter Trunkenbolde, deren Mütter morphiumsüchtig waren. Diese schwachen, zarten Wesen mit den nervösen, zuckenden Bewegungen, der blutleeren Haut, den weißen Gesichtern, aus denen die übergroßen Augen so schwermütig in die Welt schauten! „Warum habt ihr uns in das Leben gerufen?"

Er kam zur Besinnung. Nein, es durfte nicht sein. Wenn er ginge, und Irene bliebe zurück mit solchem kleinen Jammerbilde, einem ewigen Vorwurf ihrer kurzen Seligkeit.

Für ihn gab es nur einen Weg, und er würde ihn gehen. Er hatte sich durchgerungen und war Sieger geblieben. Sich selbst konnte er nicht mehr retten, aber er konnte wenigstens allein untergehen. Und solange ihm die Möglichkeit gegeben war, vielleicht noch jahrelang, konnte er für andere leben und arbeiten, konnte sein eigenes Unglück nutzen zum Glück für die Mitmenschen. Das Gift, das ihn selbst vernichtete, würde ihm helfen, Hunderte von Tod und Krankheit zu erretten.

Eine große Müdigkeit kam über ihn, aber auch eine große Ruhe und Klarheit. Er sah seinen Weg vor sich, hart und dornenvoll, aber er fühlte eine heilige Kraft in sich, die half ihm; Dornen und Steine schreckten ihn nicht mehr.

Als am Heiligabend die Vermähren'sche Familie sich vor der Bescherung im Zimmer des Senators versammelte, kam ein Brief für Irene. Er enthielt nur wenige Worte:

„Liebe Irene!

Eine schwere Pflicht hält mich auch heute fern von Dir. Verzeih mir, wenn Du kannst. Ich werde den ganzen Abend an Dich denken.
Hans Marung."

Sie weinte nicht. Still und blass stand sie auf. „Wir wollen nicht länger warten. Hans ist verhindert worden."

Keiner fragte; aber ein schwerer Druck lag über der ganzen Feier.

Schmidt, der mit zwei Rosensträußen gekommen war, einem Weißen für Irene und einem roten für Klara, wagte kaum beim Überreichen einen Schmerz zu machen. Und als er abends zur Stadt zurückfuhr, waren die Worte, die er so gern gesprochen hätte, die Ihm sein Glück sichern sollten, bis er zurückkam, unausgesprochen geblieben.

24.

Kalt und klar kam der erste Weihnachtstag. Glitzernder Raureif hatte die Welt mit seinem Geschmeide geschmückt. An jedem Zweig, an jeder Kante der Dächer, jeder Zacke, jedem Rand funkelten im Sonnenschein die weißen Kristalle.

Bernhard Schmidt, als er beim Aufstehen in die flimmernde Pracht hinaussah, fing vor Entzücken an zu pfeifen.

„Fein! Fein! Patent! Donnerwetter, wenn's hier in der Steinstraße zwischen den alten schmierigen Baracken schon solche Pracht gibt, wie muss das draußen sein an der Alster, oder erst im Hafen mit den Seglern als schwimmenden Märchenschlössern."

Er fuhr in seine Sachen. „Raus aus dem Haus! Heute ist's ein Glück, zu leben."

Eine halbe Stunde später stand er auf der Straße. Der Wind kam scharf aus Osten, der Schnee knirschte unter den Füßen, der Atem wehte wie Rauch vom Munde, er spürte die Kälte gar nicht. Seine Gedanken machten ihn warm, und glücklich. Er war auf dem Wege, sich Klaras Jawort zu holen.

Ein bisschen früh am Tag für solchen Besuch, aber umso sicherer traf er sie daheim. Wie er aus der Steinstraße kommend über den Pferdemarkt ging – na, wenn das nicht Glück war! Hinten beim Thaliatheater sah er sie. Er hatte Augen wie ein Luchs und war seiner Sache sicher. Jetzt, zwei Häuser weiter, trat sie in eine Tür. Ach so, sie wollte sich nach dem Doktor umsehen. Eigentlich, für eine Cousine war sie reichlich besorgt um ihn. Und wenn er auch verlobt war, es schickte sich gar nicht mal recht. –Schmidt dachte plötzlich sehr prüde. —

Warum der Marung nur gestern nicht gekommen war? Arme, kleine Irene, es sah ganz danach aus, als wenn die Geschichte ein schlechtes Ende nehmen würde. An Stelle des Konsuls wäre er diesem merkwürdigen Bräutigam mal etwas deutlich gekommen. Ob Klara lange oben blieb? Jedenfalls konnte er warten, er hatte Zeit. Die Hände in den Taschen des Überziehers begann er auf und ab zu wandern. Die Uhr der Katharinen-Kirche schlug halb elf. Er zog seinen Chronometer hervor, verglich und stellte.

Wenn sie nur mit der alten Riner, der Wirtschafterin, sprach, hätte sie schon wieder unten sein können.

Auf und ab, auf und ab.

Schauderhaftes Gewarte! Aber er wartete auf sein Glück, da gab's kein Räsonnieren.

Was sie bloß so lange mit dem zu verhandeln hatte! Jetzt schlug es elf. Wenn sie nun nicht bald kam, ging er hinauf und machte dem Doktor einen Besuch. Aber dann ging sie am Ende fort, und er musste sitzen bleiben. Endlich – er war schon beinahe ein Eiszapfen, – da trat sie aus dem Haus.

Mit zwei Schritten war er neben ihr. „Guten Tag, Fräulein Klara",

Sie musste ihn gar nicht bemerkt haben, denn sie erschrak sichtlich: „Guten Morgen".

„Mein Gott, was ist denn mit Ihnen? Wie sehen Sie denn aus?"

Sie gab keine Antwort und ging schneller. Da war etwas nicht in Ordnung. So heiß und erregt hatte er ihr Gesicht noch gar nicht gesehen. Und wie zornig sie auftrat beim Gehen, als müsste sie eine große Empörung in Grund und Boden treten.

„Bin ich gar keine Antwort wert, Fräulein Klärchen?"

„Ich heiße Fräulein Levermann."

So, das fing gut an.

„Ich dachte nur, das heißt, ich hoffte, Sie hätten mich endlich in das Heilige Ihres Herzens ..."

„Tun Sie mir den Gefallen und lassen die Witze.

Mir ist im Augenblick nach nichts weniger zumute."

„Aber es ist kein Witz. Ich meinte es ganz im Ernst."

Wieder keine Antwort. „Herrgott, Fräulein Klara, was haben Sie denn heut gegen mich armen Mann?"

Endlich fuhr der Kopf herum, ihre Augen funkelten ihn an: „Was ich gegen Sie hab? – Die ganzen Männer taugen nichts."

„Erlauben Sie mal!"

„Und die, denen man am meisten vertraut hat, das sind die Schlimmsten. Jedes arme Mädchen kann einem leidtun, das den schönen Worten eines Mannes glaubt."

„So reden Sie nur so lange, bis Sie selbst Ihr Herz verschenken."

„Gott soll mich bewahren! Wenn mir solch Unglück passierte, würde ich wenigstens niemand was davon verraten."

„So was verrät sich ohne Worte."

„Und nachher wird man bei Seite geschoben, ausgelacht, verspottet."

„Sie scheinen in 'ner netten Stimmung."

„Kochen tut es in mir."

„Das merk ich."

„Meine arme, liebe, treue Irene! Auf den Knien sollt er Gott danken alle Tage, dass solch ein Prachtgeschöpf ihn lieb hat. Und wie lieb! Selbstlosere Liebe kann eine Mutter nicht haben. Und er – ganz ruhig: ‚Ich kann sie nicht heiraten'."

„Was?"

„Das konnten Sie sich nach dem gestrigen Vorfall doch denken."

„Aber um alles in der Welt, warum denn nicht?"

„Warum? Warum? Fragen Sie ihn selbst; ich war so außer mir. Ich hab ihm aber auch gesagt, wie ich künftig von ihm denke. Und den Menschen hab ich lieb gehabt von Kind auf wie ... wie einen Bruder. Häuser hab ich auf ihn gebaut. Die Frau beneidet, deren Schicksal einmal in diesen festen, starken Händen ruhen würde! Es ist nicht zu glauben. Wem in aller Welt soll man denn noch vertrauen?"

„Man müsste doch erst seine Gründe hören."

„Sie reden ihm wohl noch das Wort? Finden es ganz in der Ordnung, wenn ein Mensch das beste, vertrauensvollste Geschöpf belügt und betrügt? Sie machen es wohl auch nicht anders."

„Na, da hört sich doch Verschiedenes auf. Alle Hochachtung, Fräulein Klara, aber wenn Sie so von mir denken."

Sie waren während ihres erregten Gesprächs fast den ganzen Alsterdamm entlanggelaufen. Jetzt blieb Klara plötzlich stehen: „Ich will Ihnen was sagen, beleidigen hab ich Sie natürlich nicht wollen, aber lassen Sie mich heut in Ruh. Ich bin ungenießbare Gesellschaft und verderbe Ihnen bloß die Weihnachtsstimmung."

„Und ich hatte mir gerade bei Ihnen eine rechte, große Weihnachtsfreude holen wollen."

„Damit ist es dann nichts. Ich kann heut nicht lachen und heiter sein. Und meine Gedanken sind bei Irene. Am liebsten führe ich zu ihr; aber wenn sie mich fragt, und ich müsste es ihr erzählen, das kann ich nicht."

„Und ich reise in einigen Tagen fort." Ein schneller Blick, eine flüchtige Verwirrung. „Ach ja, ich weiß. Sie sagten gestern davon. Nun, also dann: Gott befohlen."

„Und es kann zwei Jahre dauern, bis ich wiederkomme. Darf ich – darf ich Ihnen inzwischen mal schreiben?"

„Mir? Wozu denn?"

„Ich möchte der Heimat nicht fremd werden, und dann hörte ich natürlich gern, wie es Irene geht."

„Sie haben ja Ihren Freund Peter."

„Wer weiß, wie bald der wieder in der Südsee schwimmt. Und außerdem – Sie wissen wohl, er hat mal selbst gehofft. Also, da ist es peinlich, danach zu fragen."

„Meinetwegen schreiben Sie." '

„Und Sie werden antworten?"

„Wenn ich Zeit hab."

„Dann ade, Fräulein Klara, und auf besseres Wiedersehen."

Etwas niedergeschlagen ging Schmidt über die Lombardsbrücke. Wie nett hätten sie jetzt Arm in Arm wandern können. Aber als er in die Esplanade einbog, hob er den Kopf schon wieder siegessicher. Eigentlich hatte sie ihm noch nie so gut gefallen, wie gerade eben in ihrem ehrlichen Zorn. Zwei Jahre gingen auch mal zu Ende, und inzwischen wollte er der Post zu verdienen geben.

25.

Eine Stunde nach Klara betrat Konsul Vermähren Marungs Wohnung. Es hätte der Vorstellungen seiner Frau nicht bedurft, er sah selbst ein, dass es so nicht länger gehen könnte.

Eh er in die Stadt fuhr, trat er in Irenes Zimmer.

„Mein liebes Kind, ich möchte mich einmal danach umsehen, ob dein Verlobter krank ist. Du weißt, sein Aussehen gefiel mir neulich schon nicht."

„Du bist so gut."

Er strich ihr zärtlich über das Haar. „Kopf hoch! Bist doch sonst solch tapferes Mädchen. Ich hoffe, ich bringe ihn nachher mit heraus."

Mit einem Lächeln ging er aus der Tür, traurig sah Irene ihm nach. Sie fühlte, er komme allein wieder.

Marung hatte den Konsul erwartet. Es musste ja endlich einer kommen und ihn zur Rede stellen. Das war schon einer von den schweren Schritten auf seinem künftigen Weg, und er musste gegangen sein. Früher oder später musste die Aussprache kommen, es war gut, wenn sie bald kam.

„Wir sind in Sorge um dich", begann Vermähren in seiner ruhig freundlichen Weise. „Wir fürchten, dass du krank bist, denn ohne zwingenden Grund lässt wohl kein Bräutigam seine Braut am Weihnachtsabend allein."

Marung saß wie apathisch im Sessel, hatte die Hände in einander geschlungen und starrte vor sich nieder.

„Du hast recht. Es hat mir selbst wehgetan, Irene zu kränken, aber es wäre noch schlechter gewesen, wenn ich gekommen wäre."

Vermährens Gesicht wurde ernst. „Wie soll ich das verstehen?" Eine Pause. „Dein Benehmen im letzten halben Jahr hat uns allerdings schon öfter mit Erstaunen erfüllt. Aber wir glaubten es doch, dass du deine Braut liebtest."

„Ich glaubte es selbst."

„Und jetzt?"

Ein schweres Aufatmen. „Du wirst mich vielleicht für einen Lumpen halten, – ich müsste es tragen, – ich werde noch viel mehr tragen müssen, aber ich kann, – ich kann mein Wort nicht halten."

Der Konsul stand auf. „Und warum nicht? Wenn ein Mann ein anständiges, junges Mädchen aus guter Familie so lange seine Braut genannt hat und nun plötzlich sagt: Ich kann mein Wort nicht halten, dann darf man wohl wenigstens nach den Gründen fragen."

Jetzt durchhalten, nur eine Viertelstunde lang, nachher mochte kommen, was wollte. „Ich kann Irene nicht so lieben, wie ich es müsste, um sie zu meiner Frau zu machen."

„Die Erkenntnis ist dir recht spät gekommen."

„Aber noch nicht zu spät."

„Ich habe dich für einen Ehrenmann gehalten."

„Es wäre eine Ehrlosigkeit, wenn ich anders handeln wollte." Und plötzlich brach er aus: „Ich kann doch nicht anders! Begreife doch, dass ich nicht anders kann. Und wenn du mich noch so verächtlich ansiehst, – tut es! Verachtet mich alle, – auch Irene, wenn sie es kann, – ich muss so handeln, wenn ich mich nicht selbst verachten will."

„Arme Irene! Sie liebt dich sehr."

„Warum sagst du mir das? Glaubst du denn, dass mir das Herz leicht ist in dieser Stunde? Wenn ich ihr Glück damit erkaufen könnte, ich wollte mein Leben mit Freuden geben."

„Und machst sie so unglücklich."

„Was soll ich denn tun? Sie ein elendes, trostloses Leben an meiner Seite führen lassen. Ihr für all ihre Liebe nichts bieten als Bitterkeit und Enttäuschung?"

„Da sei Gott vor. Sie hat ein anderes Los verdient."

„Sie wird es finden, früher oder später, wenn sie nichts mehr an mich erinnert, wenn ich nicht mehr da bin."

„Du willst fort?"

„Muss ich nicht? Ich habe einen Ruf erhalten als Professor nach Rostock. Ich werde ihn annehmen. Vielleicht bekomme ich hier Ersatz und kann bald gehen."

„Es ist das Einzige, was du unter diesen Umständen noch für sie tun kannst. Und dann noch eins. Wir werden sagen, dass Irene das Verlöbnis gelöst hat, und ich denke, du wirst dem nicht widersprechen."

„Ich hätte dich selbst darum gebeten."

„Dann haben wir uns wohl nichts mehr zu sagen. Deine Briefe und Geschenke wird Irene dir zurücksenden."

„Muss das sein?"

Ein Blick kalten Erstaunens traf ihn. „Das ist doch selbstverständlich. Ebenso darf sie wohl ihre eigenen zurückerwarten"

„Ja."

„Dann adieu, Herr Doktor."

„Onkel Vermähren!"

„Haben Sie mir noch etwas zu sagen?"

„Lassen Sie mich Ihnen wenigstens noch danken für alles, was ich in Ihrem Hause an Güte erhalten habe", die Stimme stockte ihm vor Bewegung.

„O bitte, davon wollen wir nicht weiter reden." Eine kurze Verbeugung. Marungs ausgestreckte Hand wurde nicht beachtet, die Tür fiel hinter dem Konsul in das Schloss.

26.

„Ja, mein geliebtes Kind, du musst jetzt Mut und Kraft haben. Es wird dir nichts anderes übrig bleiben, als deine Verlobung zu lösen."

Weiß wie Schnee, die Augen unnatürlich groß und starr, saß Irene ihrem Onkel gegenüber. Ihre Hände zerrten mechanisch an einem Bande ihres Kleides, ihr Atem ging langsam und schwer. Hatte sie überhaupt verstanden, was zu ihr gesprochen wurde?

Dem Konsul tat das Herz weh vor Mitleid. Wenn sie wenigstens weinen möchte, schreien, außer sich geraten, aber freilich, das war nicht ihre Art. Er rückte näher und ergriff die kalten, rastlosen Hände.

„Irene, mein armes Herzenskind, wenn unsere warme Liebe dir nur etwas helfen kann in dieser schweren Stunde, du weißt, wir wollen alles tun, um dir das Leben wieder erträglich zu machen."

Langsam wandte sie sich zu ihm. „Aber warum? Warum?"

„Er wünscht es selber, dass du ihm sein Wort zurückgibst."

„Er wünscht es selber? Nein, Onkel, das kann er gar nicht wünschen. So lieb, wie wir uns haben."

„Er sagte es doch."

„Da ist etwas. Etwas ist da, ich hab es längst gemerkt, das drängt sich zwischen uns, das will mich von ihm reißen. – Nein", ihre Stimme wurde erregt, „ich lass mich nicht von ihm reißen, ich dulde es nicht, Und wenn ich zehn Jahre warten soll, und zwanzig Jahre, einmal muss es doch klar werden, und wenn ich nur weiß warum, nur den Grund kenne."

„Liebe Irene, er hat ihn mir genannt."

Atemlose Spannung trat in ihre Züge. „Mir wollte er ihn nicht nennen."

„Er hatte wohl den Mut nicht, dich so schwer zu kränken."

„Zu kränken?"

„Seine Liebe ist vergangen. Sie ist wohl nie so stark gewesen wie wir gedacht."

„Das, das...", sie war aufgesprungen, „das hat er dir selber gesagt?"

„Ja, mein Kind, freiwillig und deutlich. Er könne sein Wort nicht einlösen, weil er fühlte, dass er dich nicht so liebte, wie ..." Mit einem Ruf des Schreckens brach der Konsul ab, Irene war lautlos zu Boden geschlagen.

Im ganzen Hause gingen sie auf Zehen und sprachen mit leiser Stimme. Doktor Reimers war geholt worden, und hatte sich bedenklich geäußert. Er habe es gleich gefürchtet, nach der Diphtherie bliebe gar zu oft etwas zurück. Eine Herzschwäche – nicht gerade ernster Natur – aber Aufregung dürfe nicht sein. Jedenfalls zunächst größte Ruhe und Schonung.

Irene war erst mit Hilfe des Arztes zum Bewusstsein zurückgekehrt. Gleichgültig hörte sie alles an, ließ sich zu Bett bringen, nahm die verordneten Tropfen, die ihrem erregten Herzen Ruhe bringen sollten, und hatte nur den einen Wunsch: Allein sein! Endlich allein!

Aber die Tante in ihrer Angst und Sorge wich nicht von dem Bett, fragte, weinte, tröstete und schalt dazwischen in bittern Worten auf Marung. Gewiss, Irene tat ihr herzlich leid, aber schwerer noch empfand sie den Schimpf, der nach ihrer Meinung durch Lösung der Verlobung ihrem Hause angetan worden war.

Ihr Mann hatte gut sagen: „Besser eine gelöste Verlobung, als eine unglückliche Ehe!" Das war nur solche neumodische Redensart. Anständige, vernünftige Menschen wurden nicht unglücklich in der Ehe, wenn es auch nicht ewig glühende Liebesszenen gab.

Das arme Mädchen konnte endlich diese Kette von Vorwürfen und Lamentos nicht mehr ertragen. Es schloss die Augen und tat, als ob es schliefe. Eine Weile wartete Frau Konsul, dann ging sie leise hinaus.

„Gott sei Dank, Paul, sie ist eingeschlafen. Das wird sie beruhigen. Wir müssen sehen, dass sie so bald wie möglich verreist."

„Einstweilen ist sie zu elend."

„Ich sag ja nur so bald wie möglich. Es wäre zu peinlich, beide in derselben Stadt, und so, wie die Menschen reden."

Irene aber lag und grübelte den ganzen Abend, die ganze Nacht. War das wahr? Konnte das wahr sein? Hatte eine andere sich zwischen sie gedrängt? Damals, als sein Vater in Hamburg gewesen war, sollte da die Erinnerung an altes Glück wieder in ihm mächtig geworden sein? Stand jene Frau wie ein Gespenst zwischen ihnen? Wollte jene Frau noch etwas von ihm? Drängte sie sich wieder an ihn?

Aber damals hatte er so ruhig davon gesprochen, hatte selber volle Offenheit gewünscht zwischen sich und seiner Braut, warum sollte er jetzt nicht davon reden können? Oder war es Frau Doktor Gastheimer?

Irene hatte sie einmal gesehen im letzten Sommer

bei einem Konzert im Fährhaus. Ein dunkles, pikantes Gesicht, lebhafte, leuchtende Augen, aber die feinen Züge waren stark im Verblühen, alle Toilettenkünste konnten darüber nicht täuschen, und ihre freie, ungenierte Art, in der sie mit einigen Herren an ihrem Tisch verkehrte, streifte stark die Grenze. Alles in allem war sie nicht die Frau, die einen ernsten, gereiften Mann von seiner Braut trennen konnte.

„Wo wir einander so alles gewesen sind!"

Und sie hörte wieder seine Stimme heiße, zärtliche Worte in ihr Ohr flüstern, sah seinen Blick, mit dem er sie angesehen hatte an jenem letzten Abend im Theater, das war nicht nur Mitleid gewesen, das war Liebe, heiße verzweifelte Liebe.

Aber warum verzweifelt? Wusste er nicht, dass sie alles mit ihm teilen würde? Not und Sorge und Kummer, und wenn es sein musste, Schuld und Schande. Aber auch nirgends das kleinste Zeichen, dass es Derartiges sei. Nichts, sie mochte jede Erinnerung durchforschen und zerlegen, bis in die kleinsten Kleinigkeiten. Also blieb doch keine andere Erklärung: Er konnte sie nicht mehr lieben. Doch dann sah sie wieder seine Blicke. Und wenn sein Mund lügen konnte, – seine Augen konnten es nicht.

Ach, nur ein einziges Mal mit ihm allein sein, selber zu ihm sprechen können! Sie würde schon Worte finden, denen er nicht widerstand. Wenn er sah, wie elend, wie unglücklich sie war, er hätte ja kein Mensch sein müssen, wenn er widerstand. Dann würde er ihr sagen, was sie trennte, und sie würde es fortlachen, fortlachen und fortküssen das grässliche, dunkle Etwas, und sie würden wieder glücklich sein zusammen, übermenschlich glücklich.

Und immer wieder kam derselbe Gedanke, spann sie ein, ließ sie nicht los, wurde zur fixen Idee. „Nur selbst mit ihm sprechen, dann muss es gut werden." Dann durfte sie aber nicht krank werden, nicht tage- oder wochenlang tatenlos daliegen: sie musste sich zusammennehmen, ihre Schwäche beherrschen, ihren Kummer nicht Herr werden lassen über sich.

Am nächsten Nachmittag stand sie auf. Frau Konsul geriet außer sich, Vermähren bat und warnte, nur Peter trat auf ihre Seite. „Still daliegen, wenn man mit so traurigen Gedanken zu tun hat, das ist das Schlimmste. Für Irene wäre es Gift. Lasst sie nur, sie hat noch immer das Rechte gefunden."

Sie war ihm: dankbar. Er war wieder der Einzige, der sie verstand; ihr lieber, alter, treuer Kamerad. Tante Anna war überrascht, dass dem ersten Zusammenbrechen keine Schmerzensausbrüche mehr folgten.

„Ein zu merkwürdiges Mädchen, Paul: Wo sich jede nach Aussprache sehnen würde. Ich dachte, es ginge ihr tiefer."

„Wenn es ihr nur nicht zu tief geht: Ich mache mir große Sorgen."

„Ach, meinst du? Ich glaube, du täuschst dich. Sie saß vorhin mit Egon im Wintergarten und unterhielt sich ganz ruhig mit ihm."

27.

„Willst du es mir zuliebe tun, Peter?"

„Aber Irene, um Gottes Willen, das kann doch dein Ernst nicht sein."

„Warum nicht?"

„Zu einem Manne gehen, der dich verschmäht hat? Dazu bist du doch zu stolz."

„Ich bin gar nicht mehr stolz, Peter, gar nicht mehr. Ach, Stolz, Ehre, Würde, das sind alles solche Worte: Wenn man sich liebt, gibt's keinen Stolz mehr."

„Wenn er dich liebte. Wahrhaftig, mein armes Herzblatt, ich will dir nicht wehtun, aber wo er selbst Papa mit dürren Worten gesagt hat …"

„Ich will sehen, ob er den Mut hat, es mir selber ins Gesicht zu sagen."

„Dem willst du dich aussetzen? Irene, du weißt nicht, was du tust."

„Ich weiß es, und ich muss es tun; sonst bekomme ich nie Ruhe. Wenn dir aber so viel an dem Urteil der lieben Nächsten liegt, dass du mir nicht helfen willst, dann geh ich allein."

„Das hättest du nicht sagen sollen. Was gehen mich die Menschen an. Dir möchte ich diesen Kreuzesgang ersparen."

„Also hilfst du mir?"

„Und wenn er es dir dann sagt?"

„Dann", ein schweres Atmen, ein krampfhaftes Zucken in dem blassen Gesicht, „dann weiß ich mein Urteil, und …"

„Irene! Liebstes, bestes Herz." – „Ja, dann muss ich es tragen, Peter. Es haben ja so viele ihr Kreuz zu tragen."

„Könnt ich es dir abnehmen." So warm klang seine Stimme, dass sie ihm dankbar die Hand hinstreckte.

„Du bist gut, Peter, zu gut bist du mit mir. Und ich bin schlecht gegen dich gewesen."

„Du? Schlecht? Verleumde dich doch nicht selbst."

„Doch, es ist so. Immer hab ich an mich selbst gedacht, an mein Glück, an meine Liebe. Und ob ich dir wehtat damit..."

„Dein Schmerz tut mir weher, als mir dein Glück getan hat, Irene."

„Und nun verlange ich noch, dass du mit mir gehen sollst. Aber ich habe sonst niemanden. Und ich weiß nicht, wenn ich allein komme ... In die Sprechstunde kann ich doch nicht gehen, am Ende lässt mich die Praxisgehilfin gar nicht zu ihm."

„Wenn du darauf bestehst, gehen wir morgen. Dann ist Sonntag, und die Eltern haben sich mit Albrechts zu einem Frühstück bei Cölln verabredet. Sie wollten absagen, aber ich werde ihnen vorstellen, dass es für dich das Beste sei, wenn du möglichst Ruhe hast. Um elf kommt Marung meist aus dem Krankenhaus und hat Sprechstunde bis zwölf."

„Sonntags kommen nicht viele."

„Dann fahren wir gegen zwölf mit dem Dampfer zur Stadt, denn der Kutscher würde tratschen. Aber willst du es dir nicht noch einmal überlegen?"

„Nein, ich habe genug überlegt."

Am nächsten Tag – es war halb eins, und der letzte Patient hatte eben das Sprechzimmer verlassen, trat Marung an das Fenster und sah hinab auf den Platz. Sein Gesicht war blass und hager, um die Augen zogen sich scharfe Linien, und an den Schläfen schimmerte es grau. Seit drei Tagen hatte er kein Wort mehr von Irene gehört. Es konnte ja nicht anders sein, es war auch wohl das Beste so, und doch schien es ihm unmöglich, dass wirklich alles zwischen ihnen so zu Ende sein sollte. Kein letzter Gruß, kein Lebewohl von ihr.

Er fuhr plötzlich zusammen. Da kam sie über die Straße gerade auf sein Haus zu. Peter Vermähren ging neben ihr. Sofort fühlte er, was das bedeutete. Sie hatte ihm nicht geglaubt; sie kam zu ihm, sie wollte sich selbst ihr Urteil holen.

Um Gottes Willen, alles, alles, – nur das nicht. Wenn er ihr gegenüberstehen musste, ihre flehenden Blicke, ihre zärtlichen Worte ertragen sollte, – er war auch nur ein Mensch, das ging über seine Kraft.

Mit drei Schritten war er an der Tür. „Frau Ritter! Frau Ritter!"

„Was ist denn los?"

„Wenn noch jemand kommt, nach mir fragt, – ich bin nicht zu sprechen: Für niemanden! Hören Sie? Für niemanden! Ich fühle mich sehr schlecht, muss mich hinlegen."

Man hörte Schritte auf der Treppe; die Tür schlug zu.

„Herr Doktor ist leider nicht mehr zu sprechen, die Sprechstunde ist aus."

„Wir kommen nicht als Patienten; bitte, bitte, bringen Sie Herrn Doktor meine Karte."

„O, ich kenne Sie ja, Herr Vermähren. Ich will noch mal fragen. Aber Herr Doktor ist heute so kurz ab. Er befindet sich schlecht."

Indes sie schlurfte doch zur Tür des Sprechzimmers und klopfte. Keine Antwort. Erneutes Klopfen, ein Druck auf die Klinke, die Tür war verschlossen. Zitternd von Kopf bis zu den Füßen stand Irene auf dem halbdunklen Korridor. Sie hatte Marung am Fenster gesehen, ihre Blicke waren sich begegnet; er musste wissen, wer es war, der draußen stand. Würde er sie wirklich stehen lassen? Wie eine lästige Bettlerin? Sie, die er so oft seine Königin, sein Lebensglück, den größten Schatz seines Daseins genannt hatte? Wenn er das konnte, das …

Frau Ritter rammelte energisch an der Tür: „Herr Doktor! Aber ich bitte Sie doch, Herr Doktor. Das sind ja gar keine Patienten. Der junge Herr Vermähren ist es und das gnädige Fräulein."

Peter sah auf Irene. Hierauf waren sie beide nicht gefasst gewesen. Rasender Zorn ergriff den ruhigen, stillen Menschen. Dieser Schimpf, der dem geliebten Mädchen angetan wurde! Und er selber hatte ihr einmal gesagt, als fremde Menschen Angst und Zweifel in ihre Seele geworfen hatten: „Marung ist ein Ehrenmann durch und durch. Dem kann jedes Mädchen vertrauen."

„Komm", sagte er hart, „hier haben wir nichts mehr zu suchen."

Frau Ritter kam verlegen zurück, „Er muss eingeschlafen sein, sonst kann ich mir das gar nicht erklären."

Peter drückte ihr einen Taler in die Hand. „Es ist gut. Sie brauchen Herrn Doktor gar nicht zu sagen, dass wir hier waren." Dass dies Weib auch noch Zeuge sein musste von der unerhörten Beleidigung. Ob die schwieg?

Auf der Treppe packte Irene der Schwindel. Mit beiden Händen musste sie sich am Treppengeländer halten. Die Zähne schlugen ihr wie im Fieber aufeinander, ihr war elend zum Sterben. Peter legte den Arm um sie und wartete still, bis sie sich wieder gefasst hatte.

Unten vor dem Hause rief er eine vorüberfahrende Droschke an; schweigend legten sie den Heimweg zurück.

Daheim ging Irene sofort auf ihr Zimmer, und hier, allein mit ihrem Jammer, brach sie vollständig zusammen. Nun war die letzte Hoffnung vergangen, nun musste sie an ihr Schicksal glauben. Dass er ihr das antun konnte, das ...

Warum hatte er sie nicht sterben lassen, damals, als der Tod schon neben ihrem Lager stand und die Hand nach ihr ausstreckte: Warum hatte er das erschöpfte Herz immer wieder zu neuer Tätigkeit angetrieben, wenn er ihm jetzt so furchtbaren Schmerz zufügen wollte. Damals in seinen Armen zu sterben, wäre eine Gnade gewesen! Was sollte ihr jetzt noch ihr elendes, zertretenes Leben.

Hinter der Gardine seines Zimmers hatte Marung gestanden, und seine Blicke hingen an der geliebten Gestalt, bis der Kutscher den Schlag zuschlug, und das bleiche Gesicht im Dämmer des Wagens verschwand.

Da schlug er die Hände vor das Gesicht und weinte fassungslos, haltlos wie ein Kind.

28.

Zum Erstaunen der Verwandten war Irene nicht zu bewegen, für einige Monate zu verreisen. Sie gab vor, sich zu elend zu fühlen. Die Wahrheit war, dass sie den Mut nicht hatte, Hamburg zu verlassen, solange Marung noch dort weilte. Es stand bereits in den „Nachrichten", dass er zum ersten April nach Rostock gehen werde. Und jedermann fand es richtig und taktvoll von ihm, dass er fortging.

Unendlichen Staub hatte die Lösung der Verlobung aufgewirbelt, aber an Irene selbst traute sich keine Bosheit heran. Sogar Frau Albrecht hatte nicht den Mut, ihr einige ihrer kleinen Spitzen zu sagen, als sie zum ersten Male wieder in das blasse, ernste Gesicht sah, in dem so gar nichts mehr an die lustige, übermütige Irene von einst erinnerte.

„Mächtig eingepackt hat sie", erzählte sie nachher ihrem Mann, „so was Schmalbäckiges und Hohläugiges, was sie gekriegt hat. Ganz alt sieht sie aus. Na schön ist das auch nicht, so sitzengelassen zu werden. Jetzt wird Egon Vermähren sich auch wohl bedanken, den Retter aus der Not zu spielen. Ja, ja, so kommt es: Wie man sich bettet, so liegt man. Erst war ihr keiner gut genug, jetzt wird sie wohl eine alte Jungfer werden."

Es war Ende März als Irene an einem Abend, es dunkelte schon stark, oben am Fenster ihres Zimmers saß und auf die Straße sah. Sie saß jetzt oft so stumpf und untätig da, müde allen Kummers und doch nicht imstande, sich zu energischer Tätigkeit aufzuraffen.

Vor den Menschen nahm sie sich zusammen, da half ihr der Stolz, aber so viel als möglich ging sie allen Menschen aus dem Wege. – Nur Klara Levermann sah sie gern kommen, sie war die Einzige, von der sie etwas über den Geliebten erfahren konnte.

Anfangs hatte Klara sich gescheut, zu kommen; ihr war, als sei sie mitschuldig an Irenes Leid, da es ihr Vetter war, der dies Leid verursacht hatte. Sobald sie aber sah, dass ihre Besuche dem armen Herzen eine Wohltat waren, kam sie, sooft es ihre Zeit erlaubte. Freilich, auch sie sah Marung jetzt selten, er hatte sich ganz in Arbeit vergraben, aber sie wusste doch, dass er in den nächsten Tagen reisen werde, ja, sie hatte ihm selbst bei dem Packen seiner Sachen geholfen. Heute Abend wollte sie kommen. Irene sah dem Dampfboot entgegen, das sie bringen musste. Da ging unten langsam eine hohe Gestalt die Straße entlang. Sie presste die Hand auf das Herz, und ihre Augen wurden weit. So hatte sie oft Marung kommen sehen, das war sein Gang, seine Gestalt, seine Haltung. Konnte eine Ähnlichkeit so täuschen? Die Dunkelheit war zu groß, um etwas von den Zügen zu unterscheiden, aber sie sah doch, dass das Gesicht dem Hause zugewandt war. Jetzt war er an der Pforte. Würde er …? Nein, langsam aber gleichmäßig fortschreitend ging der einsame Wanderer vorüber.

„Du musst dich geirrt haben", sagte Klara eine halbe Stunde später. „Hans ist heute Abend im ärztlichen Verein. Er wird selbst sprechen, seine Abschiedsrede, und saß, als ich heute Nachmittag bei ihm war, bis über die Ohren in Arbeit."

Dennoch stand Irene am nächsten Abend um dieselbe Zeit wieder am Fenster. Und zum zweiten Male sah sie die hohe Erscheinung die Straße entlangkommen. Ja, dieses Mal stand der Mann, von dem dicken Stamm einer Platane halb verdeckt, hinter dem Gitter still und spähte zu ihrem Fenster hinauf. Es war kein Zweifel möglich, er war es! Er konnte nicht fortgehen, ohne noch einmal den Platz gesehen zu haben, an dem sie beide so grenzenlos glücklich waren. Und ihre Liebe, stärker als Stolz und Zorn, riss sie zu ihm hin. Sie flog die Treppen hinab, über den Flur, durch den Garten.

Leer und still lag die Straße,

Sie stand und wartete. Weiter unten verlor sich die Straße zwischen Wiesen und Bauplätzen, wer nicht in eins der nächsten Häuser ging, musste schließlich den gleichen Weg zurückkommen.

Es war ein furchtbares Wetter. Obwohl Frühling im Kalender stand, hatten die letzten Tage starken Schneefall gebracht, jetzt wehte stürmischer Nordwest, und Regenschauer hatten die weiße Decke in eine tiefe, glitschige Masse verwandelt. Mitten in der Nässe, am Stamme der Platane stand Irene. Dort war sie vom Hause aus am wenigsten zu bemerken. Sie war in leichten Hausschuhen, ohne wärmendes Tuch, ohne Kopfbedeckung, aber sie spürte Kälte und Regen nicht. Ihr ganzes Innere war leidenschaftliche, gespannte Erwartung. Einige Male nahten Schritte, fremde Menschen, gingen vorüber, Dienstmädchen, ein Konstabler, ein paar halbwüchsige Burschen.

Wie lange stand sie schon? Wenn er umgekehrt wäre, hätte er längst zurückkommen müssen. –Da, das Läuten eines Dampfers! – Und plötzlich fiel es ihr schwer auf die Seele: Dort unten war noch ein Anlegesteg. Das hell erleuchtete Schiff, das eben auf der dunklen Flut vorüberglitt, kam von da. Während sie hier stand und harrte, fuhr jener schon nach der Stadt zurück. Aber es war die letzte Hoffnung, die allerletzte. Und sie stand und wartete, bis ihre Glieder steif waren vor Kälte und der rieselnde Regen jeden Faden ihrer Kleidung durchnässt hatte.

So fand Peter Irene, als er vom Geschäft heimkam. Er traute seinen Augen nicht.

„Irene! Um Gottes Willen, was tust du hier in diesem Wetter? Du kannst dir ja den Tod holen."

Sie sah ihn an wie geistesabwesend. „Hans war hier?"

„Marung? Wo denn?"

„Hier."

„Hast du mit ihm gesprochen?"

„Nein, ich kam zu spät."

„Wann war er denn hier?"

„Ich weiß nicht, es ist schon lange her."

War sie krank? Es schien ihm so. Willenlos ließ sie sich in das Haus führen. Frau Konsul war nicht daheim, aber das Hausmädchen kam gerannt, brachte sie zu Bett, holte heißen Tee.

Am nächsten Tag, als Marung nach Rostock abreiste, lag Irene mit einer schweren Lungenentzündung.

Zwei Monate später ging sie mit Frau Konsul nach Wiesbaden, und als der Herbst kam, schloss sie sich Beiers an, die den Winter in Rom verleben wollten. Der Arzt hatte erklärt, sie dürfe unter keinen Umständen während der kalten Jahreszeit im Norden sein, und ihr war ein Ort so gleichgültig wie der andere. Nizza, Rom, Kairo, Marung würde sie nirgends wieder begegnen.

29.

Zwei Jahre waren vergangen. Flieder und Goldregen standen in Blüte, und in den Gesträuchen der Alstergärten schlugen die Nachtigallen. Da kam Irene zum ersten Male wieder heim. Fast zwei Jahre hatte sie im Süden verlebt, in Rom, Neapel, an den italienischen Seen.

Langsam war sie zur Ruhe gekommen. Still und ernst war sie geworden; selten einmal kam in Scherz und Schelmerei die alte Irene zum Vorschein. Die sie früher gekannt hatten, fanden ihre Züge reifer, durchgeistigter, ja viele erklärten sie für schöner, als sie in der ersten Jugend gewesen sei.

Der erste Winter in Rom, den sie mit Beiers zusammen verlebte, war ohne tieferen Eindruck an ihrer Seele vorübergegangen. Ihr Herz war noch zu wund, um sich den neuen Eindrücken hingeben zu können. Onkel und Tante Beier waren auch nicht die geeigneten Menschen, sie ihren Gedanken zu entreißen, und eine größere, geistige Welt vor ihr aufzutun. Aber sie waren gutherzig, freundlich und taktvoll, berührten niemals das Vergangene, hinderten sie nicht, wenn sie ihre eigenen Wege gehen wollte, und so verlief das Zusammenleben in Frieden und Herzlichkeit. Als sie im Frühling heim mussten, ging Irene mit einer deutschen Künstlerfamilie an die oberitalienischen Seen.

„Ob das nun gerade das Passende für sie ist", sagte Frau Konsul, der alles Künstlerische etwas Anrüchiges war, „ich meine immer, nun hätte sie heimkommen können." Aber Irene kam nicht. Stattdessen fuhr im Spätsommer Peter Vermähren ein bisschen nach Meran und von da war es dann natürlich nur ein kleiner Abstecher nach Riva.

Er fand seine Cousine körperlich frisch und gesund, aber von einer wahren Angst beseelt, nach Hamburg zurückzumüssen. Andererseits sagte ihr das Alleinsein für den Winter in einer römischen Pension auch nicht sehr zu.

„Wenn Klara zu mir käme! Ach, Peter, sie hält so große Stücke auf dich. Wenn du sie dazu bewegen könntest."

„Ich will mein Möglichstes tun."

„Siehst du sie oft? Peter, sie ist ein so prachtvolles Mädchen! Seit Schmidt fortgegangen ist, dachte ich manchmal ..."

„Willst du Ehen stiften? Nein, Irene, das ist bei mir umsonst. Ich kann mein Herz nur einmal verschenken, und wenn ich nie ein anderes dafür wiederbekomme, – es ist nun mal mein Schicksal." Und da er einen Schatten auf ihrer Stirn sah: „Übrigens, Schmidt schreibt tapfer an sie. Ich glaube sicher, er wird das Rennen gewinnen. ‚Anfangs bekam ich nur auf jeden dritten bis vierten Brief Antwort', schrieb er mir neulich, ‚aber jetzt manchmal schon nach zweien'."

„Kommt er Weihnachten zurück?"

„Nein, es wird wohl August oder September werden. Er will aus geschäftlichen Gründen noch einige große Reisen mit englischen Dampfern machen, um den ganzen Betrieb kennenzulernen."

„Und du Peter? Du willst wirklich wieder fort aus Deutschland?"

„Ich muss, Irene. Marsmann", – das war der Geschäftsführer des Vermähren'schen Hauses auf den Karolinen, „kommt übers Jahr nach Hamburg zurück. Er hat Sehnsucht nach der Heimat, und es ist auch gut so. Ein großes, kaufmännisches Licht ist er nicht. Und ich kann in Hamburg entbehrt werden. Papa ist noch so frisch und rüstig, der braucht mich nicht; da unten aber bin ich nötig."

„Ach, Peter, wie soll ich denn das aushalten, wenn ich nach Hamburg zurückkomme und seh' dein altes, treues Gesicht nicht mehr."

Er lächelte, aber es war ein trübes Lächeln. Er wusste, wer von ihnen sich am meisten nach dem andern sehnen würde.

Als die Herbstferien in Hamburg begonnen, fuhr Klara Levermann gen Süden. Sie hatte Vertretung für ein Jahr, und es wurde dieses Mal ihrem Stolz nicht schwer, von Irene dieses freie Jahr mit allem Schönen, was es bringen würde, anzunehmen. Sie meinte, dass sie durch ihr Kommen Gutes wirke.

Wirklich gelang es ihr mit ihrer frischen, resoluten Art, die Freundin aus ihrer Schwermut wachzurütteln.

„Liebe Seele, getrauert hast du nun genug. Ich verlange gar nicht, dass du Jubellieder singst, aber du musst wieder lernen, an andere zu denken. Du bist ein schöner, prächtiger Mensch, bitte, es ist kein Kompliment, ich konstatiere nur eine Tatsache, aber der Mittelpunkt der Welt bist du doch noch nicht. Halt einmal die trüben Gedanken im tiefsten Herzkämmerchen verborgen, und sieh dich mit klaren Augen in der Welt um. Ich habe die Absicht, dir gar keine Ruhe zu lassen. Ich will die Schönheit des vielgerühmten Südens in Kunst und Natur gründlich kennenlernen, denn es wird mir wohl nicht noch einmal im Leben passieren, dass ich hierherkomme. Diesen Winter wollen wir uns beide so vollpacken mit Schönheit, dass wir unser ganzes Leben daran zehren können.

Und dann im Frühling, wenn's so warm da oben bei uns ist, dass es deinen verwöhnten Lungen nicht schadet, dann nehme ich dich mit nach Hamburg zurück. Und dann packst du das Leben von einer neuen, nutzbringenden Seite an."

„Ach, Klara, was kann ich nützen?"

„Kind, tu mir nicht leid. Jeder Mensch, wenn er nicht ganz krank und hilflos ist, kann irgendetwas leisten. Einstweilen brauchen wir uns darüber nicht den Kopf zu zerbrechen; kommt Zeit, kommt Rat."

Im Juni kamen sie zurück. Irene hatte die besten Vorsätze, tapfer den alten Stätten ihres verlorenen Glücks gegenüberzutreten, aber es wurde ihr sehr schwer. Und als sie zum ersten Male den Wintergarten betrat, in dem sie so oft mit Marung gesessen hatte, wurde die Erinnerung in solcher Weise Herr über sie, dass sie, in Tränen ausbrechend, auf ihr Zimmer floh und sich stundenlang einschloss.

„So geht es nicht", sagte sie einige Tage später zum Vetter: „Ich habe den besten Willen, Peter, aber ich habe zu viel Zeit zum Denken. Das ewige Besuche machen, mit dem deine Mutter mich quält, halte ich nicht aus, und Arbeit, richtige Arbeit habe ich ja nicht."

„Womit füllen denn sonst so die Damen unserer Kreise ihr Leben aus? Ich meine nicht die Verheirateten oder die jungen Mädchen, für die Herren und Bälle noch das Höchste sind, sondern die Unverheirateten, die alt genug sind, um im Vergnügen keinen Lebenszweck mehr zu sehen."

„Ja, was tun die? Einzelne haben ja Eltern, zu deren Hilfe sie nötig sind, aber die meisten – Schmidt würde sagen: Die pütchern so herum. Bisschen Staubwischen, bisschen Blumenbegießen, bisschen Handarbeit, bisschen Malen oder Klavierspielen, bisschen in Vorträge laufen, bisschen Besuche machen, mit der Schneiderin konferieren, in Damen-Kränzchen gehen – du, die haben so schrecklich viel Unwichtiges zu tun, dass sie für wichtige Dinge gar keine Zeit mehr haben. Frag mal so eine, ob sie sich im Stillen wohl manchmal Rechenschaft ablegt über ihr Tun und Lassen, ob sie schon jemals das Fazit ihres Lebens gezogen hat, sie werden dich ansehen, als wenn sie dich für geistesgestört halten. Und wenn du sie fragst, ob sie sich bewusst sind, dass ihr nettes, glattes Leben jeden Augenblick in der Dunkelheit versinken kann, dann halten sie sich die Ohren zu und sagen: I gitt, i gitt, Herr Vermähren! Seien Sie bloß still von so was."

„Du bist bitter, Irene. Was haben dir deine armen Mitmenschen getan?"

„Sie ärgern mich mit ihrer Selbstgefälligkeit. Leisten nichts und sind doch überzeugt, dass es ein großer Verlust für die Welt wäre, wenn ihr kostbares Leben verlöschte. Ja, ich habe kein Recht, so über andere zu reden, denn mein eigenes Leben ist bisher gerade so nutz- und zwecklos gewesen. Aber ich sehe es wenigstens ein und schäme mich und möchte es besser machen."

Sie überlegten, was zu tun sei.

„Lehrerin werden? Ja, Peter, du lachst; aber ich kann dir sagen, ich hab Gören zu gern. Nur fehlt mir absolut jedes gründliche Wissen, ich bin jetzt acht Jahre aus der Schule. Und dann – es soll so viele arme Mädchen geben, die Stellen suchen, soll ich noch einer das Brot wegnehmen?"

„Du könntest Mama in ihre Vereine begleiten",

„Sei bloß still. Ich will Geld dazugeben, so viel sie haben wollen, aber jeden Mittwoch und Sonnabend von 1 bis 3 Uhr im Kreise von zwölf bis zwanzig Damen klugschnacken, – nein, dazu pass ich nicht."

„Wenn du dich um die Familien unserer Arbeiter kümmern wolltest?"

„Kann ich denn das? Ja? Glaubst du, dass ich nicht zu dumm und ungeschickt dazu bin? Dann musst du mir aber helfen, Peter, ich wüsste wahrhaftig nicht, was ich mit den Leuten reden sollte."

„Du kannst gleich morgen mit mir kommen. Ich muss nach Regenstein sehen, einem von unseren Arbeitern. Er ist aus der Speicherluke gefallen und hat sich das Bein gebrochen. Es sind ordentliche Leute, aber ein Haufen Kinder und die Frau kränklich."

Zagend machte Irene sich auf den Weg. Sehr dumm und ungeschickt kam sie sich vor zwischen den einfachen Leuten, aber Peter lobte sie nachher und sagte, es würde schon werden. Bald bekam sie Mut und Zutrauen zu sich selbst und überwand tapfer die zahlreichen Widerwärtigkeiten ihrer neuen Tätigkeit.

Und angesichts der vielen Sorgen und Leiden, die ihr entgegentraten, besiegte sie ihr eigenes Schicksal.

Aber noch etwas anderes trat ihr überraschend entgegen. Sie hatte geglaubt, Peter zu kennen, jetzt sah sie ihn von einer ganz neuen Seite. Er hatte nie von seiner stillen Fürsorge für die Leute gesprochen, desto mehr sprachen sie jetzt von ihm. „Der junge Herr!" Irene fühlte bald, dass für diese arbeitsharten Männer, diese blassen, übermüdeten Frauen der Name gleich nach ihrem Herrgott kam. – Und in diesem Kreis verließ ihn auch jede Schüchternheit. Er sprach ruhig und sachlich mit den Leuten, aber, wo es nötig war, auch hart und scharf.

„Hätte ich Hans nie kennengelernt", dachte das junge Mädchen, „ich wäre wohl Peters Frau geworden. Wer kann seiner Güte widerstehen? Und doch – nein, um alles Leid, das gefolgt ist, möchte ich die Erinnerung an jene Zeit nicht missen."

Sie wusste von Klara, dass Marung nicht geheiratet hatte. Er hatte sich in Rostock schnell einen großen Ruf erworben, so dass die Patienten aus allen Teilen des Landes zu ihm strömten, dass er aber ein ganz einsames, einsiedlerisches Leben führte. Zurückhaltend war er ja immer gewesen, jetzt sollte er einen fast finsteren Eindruck machen. Und wieder, immer wieder kam die Frage: Warum? Warum?

Wenn er mich wirklich nicht mehr liebte, warum hat er sich dann kein neues frisches Leben gezimmert? Aber sie gab die Hoffnung auf, je Antwort zu erhalten.

Selten schrieb Marung an Klara, er schien nicht an Hamburg erinnert werden zu wollen. Aber sein getreuer Lorenz war ihm gefolgt, und er hatte zweimal von seinem Doktor berichtet. Die lustige Rosa, Frau Konsuls hübsches Hausmädchen, war ihm untreu geworden. Da hatte er kurz entschlossen seinen Dienst im Hamburger Krankenhaus aufgegeben und war eines Tages in Rostock erschienen mit der Frage: „Können Sie mich hier brauchen, Herr Doktor?"

Und dem, als er in das ehrliche Gesicht sah, war es, als sei ein lieber alter Freund gekommen.

Natürlich konnte er ihn brauchen.

30.

An einem heißen Augusttag, nachmittags gegen 6 Uhr, kam Irene von der Sternschanze her zum Hafen hinab. Sie hatte neue Pfleglinge besucht und wollte am Bollwerk mit ihrem Onkel zusammentreffen. Ein mächtiger neuer Dampfer, der „Egon Vermähren" auf der Werft von Blohm und Voß gebaut, lag im Hafen. In einigen Wochen sollte er zum ersten Male hinausgehen in die lockende, wogende See. Und mit ihm würde der gehen, nach dem er genannt war. Die Ladung des Dampfers aber war eine andere als irgendeins der Vermähren'schen Schiffe bisher getragen hatte. Pflüge, Eggen, Äxte und Sägen, landwirtschaftliche Maschinen und Baugerät für Maurer und Zimmerleute, Möbel, Teppiche, Bücher und Betten. Eine neue Kulturwelt sollte drüben entstehen auf den stillen, paradiesischen Inseln, unter dem Schatten der Kokospalmen, an den Hängen stolzer, nie erforschter Berge.

Wenige Holzhäuser mit primitiver Einrichtung hatten bisher den Beamten der Firma zur Wohnung gedient, die die Tauschgeschäfte mit den Ureinwohnern vermittelten, und ein im Ganzen ungestörtes, aber recht einsames Dasein führten. Peter wollte ein neues Leben wachrufen. Plantagen sollten angelegt, Land gerodet, Wege gebahnt werden. Schnelle kleine Schaluppen sollten von Insel zu Insel flitzen, Anlegebrücken und Lagerschuppen die Häfen markieren, und was ihm fast noch mehr am Herzen lag, eine Kapelle und ein Schulhaus würden gebaut werden, in denen deutsche Missionare predigen und Malayenkinder mit ihren dunklen, erstaunten Augen hineinschauen sollten in die Weisheitsschätze der weißen Leute. Ganz im Stillen hatte er alle Pläne ausgearbeitet, alle Berechnungen aufgestellt, sich nach geeigneten Persönlichkeiten für sein Werk umgesehen. Und jetzt nahten sich seine Wünsche der Erfüllung. In zwei Monaten würde er selbst hinausgehen mit einem Teil der Arbeiter, einem Baumeister und einem Ingenieur, um die erste Einrichtung zu besorgen für sechs deutsche Familien, die ein halbes Jahr später folgen würden.

Irene war noch nicht auf dem Schiff gewesen. Es lag weit draußen in der Elbe, fast am jenseitigen Ufer, denn an der inneren Einrichtung der Salons und Kabinen wurde noch gearbeitet. Man musste mit einem der kleinen Verkehrsdampfer hinüberfahren. Gerade kam einer der schwarzen Zwerge eilfertig herangeschossen. Peter Vermähren stand neben dem Mann am Steuerrad, sah die helle Mädchengestalt auf der Brücke und hob grüßend den Hut.

„Papa ist schon wieder im Kontor. Wir erwarten Briefe mit der englischen Post, die er sofort lesen muss. Aber ich kann dir ebenso gut das Schiff zeigen?"

Zwei Stunden wären sie herumgestiegen in dem stattlichen Bau, Peter zeigend und erklärend, Irene still zuhörend in einem Gefühl der Verwunderung, das sie jetzt oft überkam.

„Und der dies alles geplant, berechnet, zuwege gebracht, das ist der stille, schüchterne Peter, den du so oft geneckt und gezerrt, dessen tiefe Liebe du hingenommen hast wie etwas, was kaum einen Dank wert ist; ja, den du, gesteh dir 's nur ein, eigentlich immer ein bisschen über die Achseln angesehen hast. Wenn er jetzt geht, geht dein bester, treuester Freund, und wer weiß, wann ihr euch wiederseht. In zehn, fünfzehn Jahren vielleicht, vielleicht auch nie. Es hat schon mancher von fröhlichem Wiedersehen gesprochen, dem jetzt die leuchtenden blauen Wogen der südlichen See das ewige Schlummerlied singen.

„Dann kannst du ihm nie mehr ein Dankeswort sagen für alles, was er dir von Kindheit an in Güte und Selbstlosigkeit gegeben hat."

Plötzlich blieb sie stehen, und ganz aus ihren innersten Gedanken heraus kam es über ihre Lippen: „Ach Peter, geh nicht fort! Bleib hier."

Betroffen sah er sie an: „Was ist dir mit einem Mal, Irene?"

„Wenn du fortgehst, hab ich hier niemanden mehr."

„Aber liebes Herz, so viele haben dich lieb."

„Deine Eltern ja, sie sind gut, aber sie haben mich nicht nötig. Und, wir wollen doch ehrlich sein, deiner Mutter wird mein innerstes Wesen immer fremd und unsympathisch bleiben."

„Und Klärchen?"

„Schmidt kehrt in einigen Wochen zurück, wie es dann kommt, wissen wir doch beide. Bei jungen Eheleuten wird die liebste Freundin überflüssig. Schließlich kommt es noch dahin, dass ich irgendeinen Hamburger Herrn", sie lachte gequält auf, „irgendeinen recht feinen Kandidaten heirate."

Sie standen beide wieder auf dem Deck und das Mädchen sah mit halbabgewandtem Gesicht in die Ferne, wo die Sonne hinter glühenden Wolkenbänken langsam niederging. Sie wollte es nicht merken lassen, wie sie mit Tränen kämpfte.

Aber der Mann neben ihr kannte sie nur zu gut.

Herzlich und warm nahm er ihre Hand. „Ich wüsste wohl, was dir helfen könnte gegen solche Einsamkeit."

„Und?"

„Komm mit mir hinaus."

„Ach Peter, das geht ja nicht."

„Als meine Frau, Irene."

Ihre Hand zuckte in der seinen, aber er hielt sie fest. Irene starrte noch immer in die Ferne und gab keine Antwort. Und er zwang sein erregtes Herz zur Ruhe, dass keine Leidenschaft in seiner Stimme sie erschrecken möchte.

„Dass du leicht einen schöneren, bedeutenderen Mann bekommen kannst als mich, das weiß ich wohl; aber darum ist dir, so wie ich dich kenne, gar nicht zu tun. Und einen, der dich lieber hat als ich, den findest du nicht. Davon brauch ich nicht zu reden, nicht wahr? Mein ganzes Leben hat dir gehört von dem Augenblick an, wo du in unser Haus kamst. Das sind jetzt vierzehn Jahre. – Eine andere werde ich nie lieben, und heiraten, um der Familie, um der Firma willen, wie viele es tun, das kann ich nicht. Wenn du mich nicht willst, bleib ich allein."

„Ach, Peter, du verdientest eine bessere Frau."

„Ich mag nur die eine."

„Wenn ich – wenn ich – nur darüber hinwegkommen könnte. Siehst du, damals ist etwas in mir zerbrochen, das wird nie wieder heil. Mein Glaube an die Menschen, meine Lebensfreude, meine Fröhlichkeit."

„Wir müssen alle verlieren, um Besseres dafür zu gewinnen. So wie du bist, hab ich dich lieb; lieber noch um das Leid, das du erlitten hast."

„Ich kann dir kein ganzes Herz mehr geben, was willst du mit den kläglichen Scherben?"

„Gib sie mir nur. Ich will sie flicken und kitten, wer weiß, es geht wohl noch einmal wieder ein warmer Lebensstrom hindurch."

„Es kommt mir so selbstsüchtig vor, Peter, wenn ich dein ganzes Leben nehme, nur weil ich bange bin vor dem Alleinbleiben."

„Und willst du denn gar nichts dafür wiedergeben? Weißt du nicht, was das für mich ist, wenn du mit mir gehst? Dann geht die Heimat mit mir in die Fremde, dann werd ich da unten in der Ferne zu Hause sein. Ach, Liebling, wenn ich mir nur denke, wie es sein muss, dich dort immer bei mir zu haben, deine liebe Nähe zu spüren in allen Räumen, mit dir sprechen zu können von meinen Plänen, dich teilnehmen zu sehen an meiner Arbeit."

Endlich flog ein Lächeln über ihr Gesicht und sie sah ihn an. „Glaubst du, dass ich dir ein wenig helfen könnte dabei?"

„Nur ein wenig? Du könntest uns allen da unendlich viel sein. Die Männer, die mir in einigen Monaten folgen, werden fast alle von ihren Frauen begleitet sein. Glaubst du nicht, dass es für diese Frauen ein Großes ist, wenn sie in meinem Hause eine deutsche Schwester finden, die bereits mit den Verhältnissen vertraut, ihnen mit Rat und Tat zur Seite stehen kann? Jene wollen sich alle erst drüben eine Zukunft gründen, sie kommen mit gar keinen oder geringen Mitteln, dir steht ein großes Vermögen zur Verfügung. Wenn du Arbeit suchst, auf Ponape findest du genug. Du kannst dich um die Schule kümmern, kannst ein Krankenhaus bauen lassen, kannst vor allem unser Heim zu einem Mittelpunkt und Zufluchtsort für die machen, die uns folgen werden. Es werden in den nächsten Jahren, hoffe ich, noch viele kommen. Lockt dich das nicht?" – „Ja, Peter, es lockt mich wohl."

„Ich will dich nicht drängen. Wenn du Zeit haben willst."

„Zeit? Wozu? Du hast recht, es wird mich nie wieder ein Mensch so selbstlos liebhaben wie du. Und wenn du mich wirklich willst, so willst, wie ich bin, ein altes müdes Mädchen, das ein andrer nicht gewollt hat."

Er legte ihr leise die Hand auf den Mund. „Still, du lästerst. Von meiner Braut darf niemand so sprechen."

Und plötzlich brach es aus ihm heraus: „Irene! Irene! Mein geliebtes Mädchen! Ist es denn wahr? Wirklich wahr? Mich hässlichen Kerl willst du wirklich nehmen? Herrgott, lass mich nur nicht wahnsinnig werden vor Glück."

31.

„Das hättet ihr auch eher tun können", sagte Frau Konsul, als ihre erste freudige. Erregung sich gelegt hatte. „Vier Wochen vorher sich zu verloben. Nu, wo der Dampfer nicht länger warten kann. Das reicht ja kaum zum Aufgebot."

„O ja, Mama, es reicht."

„Und die Verlobungsbesuche und die Vorbereitungen zur Hochzeit."

„Besuche machen wir nur bei den nächsten Freunden, und die Hochzeit wird ganz still im Hause gefeiert."

„Was? Wenn unser einziger Sohn heiratet."

„Dann wirst du es ihm doch gern so geben, wie er

es wünscht, nicht wahr? – „Eine längere Hochzeitsreise könnt ihr auch nicht machen."

„Wozu denn? Vier Wochen Seereise sind uns genug. Du gibst uns nach der Trauung ein hübsches, kleines Frühstück, dann fahren wir aufs Schiff, und sobald wir an Bord sind, werden die Anker gelichtet."

„Grässlich, ganz grässlich. Nein, Egon, das hab ich mir ganz anders gedacht, wenn du mal heiratest. Was die Menschen bloß reden werden. So was macht doch niemand."

„Aber Konsul Vermährens Einziger kann sich *so was* leisten."

Da musste die Mutter wider Willen lachen.

Irene gewann in den nächsten Wochen etwas von ihrer früheren Heiterkeit zurück. Das Bewusstsein, einem Menschen solch großes Glück zu geben, machte sie froh, und die glücklichen Gesichter von Onkel und Tante waren ihr wie ein schönes Geschenk.

Vergessen konnte sie die Vergangenheit nie, aber sie konnte sich bescheiden und auf den Trümmern des stolzen Schlosses, das sie einst für die Zukunft gebaut, sich ein schlichtes, festes Heim zimmern.

Wie das Brautpaar es gewünscht, fand die Hochzeit im engsten Familienkreise statt. Außer einigen nahen Verwandten waren nur Bernhard Schmidt und Klara Levermann zugegen. Schmidt war erst am Abend vorher von England zurückgekommen, ganz unverändert, frisch und vergnügt. Als er nach der Trauung beim Frühstück neben Klara saß, fragte er: „Nun, Fräulein Klara, wie ist es? Ist Ihr Herz noch immer demokratisch, oder gibt 's jetzt einen Hohepriester darin?"

„Mein Gott, ich weiß wirklich nicht, warum Sie mich immer mit den alten Juden vermengen müssen."

„Sie weichen mir aus. Und das ist gar nicht nett. Wenn ich auch nicht so lange um Sie geworben hab wie Freund Peter um seine junge Frau, so liegt das doch nur daran, dass das boshafte Schicksal uns nicht eher zusammengeführt hat. So, und nach dieser netten Einleitung lassen Sie mich nun mal eine ehrliche Frage tun, und geben Sie mir ehrlich Antwort."

Aber eh er seine Frage stellen konnte, erhob sich der Pastor und brachte den Toast auf das Brautpaar aus, und gleich darauf verließ Irene das Zimmer und Klara begleitete sie, um ihr beim Wechseln der Toilette behilflich zu sein.

Als sie der jungen Frau Kranz und Schleier vom Haar löste, lehnte Irene den Kopf an die Schulter der Freundin und ein zitterndes Schluchzen kam über ihre Lippen.

Klara strich ihr sanft über das Gesicht. „Wird es dir schwer, fortzugehen?"

Ein leises Kopfschütteln. „Nein, das ist gut. Aber du musst mir etwas versprechen. Wenn du ihn noch einmal wiedersiehst – es mag doch sein – und er nennt meinen Namen, sag ihm, dass ich in meinem Herzen nie Groll und Zorn gegen ihn getragen habe. Was zwischen uns getreten ist, werd ich wohl nie erfahren; es ist bitter, aber ich muss mich dreinfinden. Aber für die selige Zeit, die wir zusammen durchlebt haben, will ich ihm dankbar sein mein Leben lang. Ich will an ihn denken, wie an einen lieben Toten, das ist keine Sünde und nimmt meinem Mann nichts von seinen Rechten."

Klara küsste sie herzlich. „Ich will es tun, wenn es sich machen lässt. Aber nun muss ich dir auch noch etwas sagen. Es sollte eine Überraschung für dich sein, doch ich denke, die Vorfreude tut dir gut. Dein Mann hat mir gesagt, dass er seit einiger Zeit sich bemühte, Schmidt zu sich hinüberzuziehen. Er brauchte Ingenieure drüben und sei zu jedem Gehalt bereit."

„Und?"

„Bernhard hat ihm geantwortet, er wolle es davon abhängig machen, ob ich mich zum Fortzug in die Ferne entschließen könnte."

„Ach Klara! Und du?"

„Möchtest du mich drüben haben, mein Herz?"

Da kam ein heller Jubel von Irenes Lippen. „Das ist mein bestes Hochzeitsgeschenk, Klara, das mag Gott dir vergelten. Wann könnt ihr kommen?"

„Ich denke in einigen Monaten."

„Und Glück, Klara, viel Glück zu deiner Verlobung. Du bekommst einen guten Mann."

„Danke für den Glückwunsch, aber einstweilen sind wir noch gar nicht verlobt. So, und nun komm, ich will dir dein Reisekleid überziehen."

Es war fünf Uhr nachmittags, als der stolze Dampfer langsam den Hafen verließ und das freie Fahrwasser gewann. Peter und Irene standen vorn im Bug des Schiffes und schauten auf die Elbufer, die schnell und immer schneller vorbeigleitend hinter ihnen zurückblieben.

„Komm, wir wollen vorwärts schauen", sagte Irene, „fröhlich vorwärts der neuen Heimat entgegen." Er war ihr dankbar für dies Wort.

„Fräulein Klara", sagte Schmidt, als er bald nach dem jungen Paar die Vermähren'sche Villa verließ, „ich kann es Ihnen nicht verdenken, dass Sie jetzt Tante Anna nicht gerade allein lassen wollen. Aber morgen sind Sie am Ende auch wieder Mensch für sich selbst, darf ich dann so um zehn herum zu Ihnen kommen?"

Sie gab ihm heiter die Hand. „Kommen Sie nur, aber nicht in Frack und Zylinder. Ich bin ein Alltagsmensch und muss auch so behandelt werden." Da küsste er ihr zum ersten Mal, seit sie sich kannten, die Hand und rief entzückt: Klara, Sie sind ein Prachtmädchen! Wie Sie einen verstehen!"

Als er aber am nächsten Morgen in der Pension erschien, kam die Pensionsdame selbst an die Tür: „Herr Ingenieur Schmidt, nicht wahr? Fräulein Levermann lässt unendlich bedauern, sie hat verreisen müssen."

„Was?"

„Wie sie gestern Abend nach Hause kam, lag hier eine Depesche aus Rostock. Herr Doktor Marung soll im Sterben liegen."

„Herrgott!"

„Ja, Sie können sich denken, wie furchtbar das war. So von der Hochzeit an ein Sterbebett. Kaum, dass sie sich umkleiden konnte; sie hat noch eben den letzten Zug erreicht. Und sie sagte mir, wenn Sie kämen, Sie möchten es nicht übelnehmen."

„Gott bewahre! Hm! Wissen Sie zufällig, wann der nächste Zug nach Rostock geht?"

„Ich hab ein Kursbuch. Einen Augenblick. 10 Uhr 48."

„Also kann ich ihn noch erreichen. Schönen Dank. Adieu."

Die erste Droschke, die ihm begegnete, rief er an.

„Sie kriegen einen Taler, wenn ich um 10 Uhr 48 am Lübecker Bahnhof bin. Und", setzte er für sich hinzu, „wenn sich die ganze Welt dazwischendrängt, einmal muss ich doch mein Jawort bekommen."

32.

Mitten in der Nacht war Klara in Rostock angekommen. Als der Zug in den Bahnhof einfuhr, sah sie Lorenz auf dem fast leeren Perron stehen. Sie winkte ihm vom Fenster des Coupés, er kam eilig heran.

„Gott sei Dank, dass Sie da sind, Fräulein Levermann, Gott sei Dank. Ich dachte schon, wenn Sie am Ende gar nicht zu Hause wären und kriegten das Telegramm nicht."

„Wie geht es mit meinem Vetter?"

„Schlecht, sehr schlecht." Dem guten Menschen kamen Tränen in die Augen. „Blutvergiftung hat er sich geholt bei 'ner Sektion."

„Wann denn?"

„Erst vor drei Tagen, aber es ist so rasend schnell gegangen."

„So ein gesunder, kräftiger Mensch!"

„Ja, Fräulein, das hab ich früher auch immer gedacht, aber ich weiß nicht, seit ich hier in Rostock bin, das ist nu ein Jahr, hat mir Herr Doktor oft gar nicht recht gefallen. Mal ganz fix und obenauf, und mit einem Mal zum Zusammenklappen. Und die Herren, die ihn behandeln, sagen auch, er müsste keine Widerstandskraft im Körper gehabt haben, sonst hätte 's nicht so schnell gehen können."

„Leidet er sehr?"

„Manchmal hat er wohl böse Schmerzen, und manchmal ist er nicht bei sich, und denn ruft er immer nach dem Fräulein Irene, es ist ein Jammer, wenn man's anhören muss. Aber nachher ist er wieder bei Bewusstsein und liegt ganz ruhig, dass man gar nicht denkt, er sei so krank. Aber das furchtbare Fieber! Sein Herz kann 's nicht mehr aushalten."

„Und nach seiner früheren Braut verlangt er?"

„Immerzu, das heißt, wenn das Fieber Herr über ihn wird. Darum hab ich auch telegraphiert, ich wusste nicht, was ich machen sollte. Vielleicht, wenn Sie 's ihr schreiben."

„Fräulein Irene hat gestern geheiratet, Lorenz, und schwimmt jetzt auf hoher See. Die erreicht kein Brief und kein Telegramm."

„Ach, mein Gott! Ja, dann ist das nicht anders. Aber Fräulein Levermann, ich bitte Sie, sagen Sie 's ihm nicht. Wozu denn noch? Wo er vielleicht keine vierundzwanzig Stunden mehr zu leben hat! Ach, Fräulein, das hätte auch nicht sein dürfen, dass die Verlobung auseinander ging. Seitdem hab ich Herrn Doktor nicht mehr lachen sehen."

„Er hat 's selber gewollt, Lorenz."

„Das mag verstehen, wer 's kann; ich versteh 's nicht."

Nicht weit von der Universität in der Breitenstraße war Marungs Wohnung. Als sie die Treppe hinaufkamen, sah die Hauswirtin bereits oben aus der Tür.

„Sind Sie das, Lorenz? Man leise, er schläft jetzt. Die Schwester ist bei ihm."

Geräuschlos legte Klara Hut und Jacke im Flur ab und trat in das Krankenzimmer. Eine Lampe brannte, aber sie war verhängt und das Bett stand im Halbdunkel. „Er schläft", flüsterte die barmherzige Schwester, welche die Nachtwache hielt.

„Nein, er schläft nicht mehr", klang es matt aus

dem Dunkel. „Wer ist da?" Mit schnellem Schritt war Klara neben dem Lager.

„Erkennst du mich nicht, Hans?"

„Klara, liebe, treue Klara! Wenn es schlecht steht mit mir, dann kommst du."

„Ich will dich gesundpflegen, Hans."

„Gesund?" Ein schmerzliches Lächeln ging um die fiebersspröden Lippen. „Ich werde bald für immer gesund sein"

„Sprich nicht so, Hans! Wir können dich noch nicht hergeben. Du kannst noch nicht entbehrt werden. Gott wird barmherzig sein."

„Er ist schon barmherzig gewesen, als er mir eine lange Qual ersparte. Bist du allein hier im Zimmer?"

„Lorenz und die Schwester sind noch da!"

„Ich möchte mit dir allein bleiben. Eine Weile allein."

Klara sah sich bittend um, die Schwester nickte ihr verstehend zu, Lorenz stand schon an der Tür.

„Und nun – bitte den Schirm von der Lampe, – ich möchte dich noch einmal deutlich sehen." Sie kam seinem Wunsche nach und setzte sich wieder an das Bett. Als das helle Licht über seine Züge ging, sah sie, dass es keine Hoffnung mehr gab. Zu oft hatte sie an Totenbetten als Pflegerin gestanden und kannte die scharfen, gespannten Linien, die Schrift, mit der der Tod seine Opfer zeichnet.

Marung lächelte sie freundlich an, und dies Lächeln war wie ein Gruß aus alter guter Zeit. Mit diesem Lächeln in seinem ernsten Antlitz hatte er immer die Menschen gewonnen.

„Du kommst direkt von Hamburg, nicht wahr?"

„Ja, Hans."

„Hast du sie kürzlich gesehen?"

„Irene?" So wurde es ihr doch nicht erspart, sie musste von ihr sprechen, ruhig und unbefangen; seine Augen baten, flehten förmlich um Antwort. „Ich sah sie gestern noch."

„Ist sie glücklich? Sprich nur ruhig, ich habe es gelesen, ich hielt mir noch immer ein Hamburger Blatt. Sie hat sich mit Peter verlobt."

„Ja, Hans."

„Und ist sie glücklich? Ganz glücklich?"

„Sie ist zufrieden mit ihrem Geschick."

„Zufrieden. Mein stolzes Mädchen, mein weißer Schwan – nur zufrieden. In Licht und Glanz sollte ihr Leben liegen."

„Es konnte nicht anders sein, Hans. Sie hat dich zu sehr geliebt."

Er atmete schwer. „Ich weiß es. Darum musste ich ihr so wehtun; sie hätte mich sonst nicht gelassen. Und ich durfte sie nicht in mein Elend mitnehmen. – Du kannst das nicht verstehen. Jetzt, wenn ich sie nicht mehr sehe – Klara – du musst es ihr sagen, versprich es mir."

„Ich verspreche dir alles, Hans."

„Das Morphium war Herr geworden über mich."

„Darum?"

„Ja, darum. Wie ich gekämpft habe; ach, wie ich gekämpft habe. Es war stärker als ich. Ich war kein Mensch mehr ohnedem, aber ich konnte sie nicht aufgeben. Immer dachte ich, ich müsste doch siegen."

„Sie wäre nie von dir gegangen, wenn sie es gewusst hätte, so wie sie dich liebte."

In seinen Augen leuchtete es noch einmal auf. „Darum durfte sie es nicht wissen; darum musste sie glauben, meine Liebe sei tot." – „Armer Hans."

„Wie sie damals vor meiner Tür gestanden hat, und ich durfte ihr nicht auftun. Ach, Klara, sag ihr, wie sie auch gelitten hat, tausendmal mehr litt ich."

Seine Stimme wurde sehr matt, seine Kräfte nahmen sichtlich ab. „Gib mir Wein, bitte."

Auf einem Tisch stand alter Portwein, sie hielt ihm ein Glas davon an die Lippen. Er trank hastig und das feurige Getränk belebte ihn wieder. „Wie ist es an der Zeit?"

„Bald 5 Uhr. Draußen wird es hell. Soll ich das Rouleaus aufziehen?"

„Ja, lass den Tag herein, meinen letzten Tag. Sag mir eins bitte, glaubst du, dass sie kommen würde?"

Klara erschrak bis ins innerste Herz. „Wenn du ihr telegrafiertest, dass es mein letzter Wunsch ist? Glaubst du nicht?"

„Du weißt, sie ist verlobt."

„Peter ist gut, der wird es ihr nicht wehren. Ich will ihm ja nichts nehmen, nur sie noch einmal sehen, ein einziges Mal, – sie um Vergebung bitten."

„Sie hat dir vergeben, Hans, alles, auch ohne dich zu verstehen. Sie hat es mir gesagt, als sie", sie stockte, „als sie ihr Wort gegeben hatte. Wenn ich dich noch einmal sehe, sollt ich es dir sagen. Sie dankte dir für das große Glück, das du ihr gegeben. Sie ist doch einmal sehr reich gewesen durch dich." Jetzt lag er ganz still mit geschlossenen Augen. Nur die Lippen bewegten sich leise, es war wie ein Hauch: „Mein Liebling! Mein liebes, tapferes Mädchen."

Klara wagte nicht, sich zu rühren. Schlief er ein? Es schien so, der Atem wurde ruhiger und leiser. Sank das Fieber mit der Morgenstunde, oder war es die letzte Ruhe, die nahte?

Um 7 Uhr kamen zwei Ärzte, Professoren, die den erkrankten Kollegen behandelten. Marung erwachte bei ihrem Eintritt; Klara ging hinaus und sandte die Schwester.

In der Küche der Wirtin fand sie Lorenz. „Was sollen wir nur tun, Lorenz? Herr Doktor wollte vorhin, dass wir an Fräulein Irene telegrafieren. Wenn er es nun noch einmal sagt? Ich kann es ihm nicht sagen, dass sie schon verheiratet ist. Ich hab den Mut nicht."

„Sprechen Sie mit den anderen Herren, Fräulein. Professor Langfeld ist der Einzige, bei dem Herr Doktor manchmal verkehrt hat. Da kommt er selbst." Der Genannte trat aus dem Zimmer und sah sich suchend um. „Lorenz! Wo ist die Dame. Ach, gnädiges Fräulein, Sie sind die Cousine von Professor Marung, nicht wahr? Mein Name ist Langfeld. Sagen Sie, wir wollten dem Kranken eine Morphiuminjektion machen, er leidet augenblicklich furchtbar. Aber er weigert sich. Haben Sie keinen Einfluss auf ihn?"

„Warum weigert er sich denn?

„Er will bei klarem Bewusstsein bleiben? Er sagt, er erwartet noch jemand."

„Wie furchtbar ist das! – Herr Professor, der, den er erwartet, ist auf einer Reise und kann nicht kommen."

„Wenn Sie telegrafierten?".

„Es ist ganz unmöglich! Aber ich habe nicht den Mut, ihm diese Hoffnung zu nehmen."

„Und wann hätte der Betreffende sonst hier sein können?"

„Heute Nachmittag gegen 4 Uhr."

„Dann lassen Sie ihm die Hoffnung. So lange Zeit hat er nicht mehr zu warten."

Klara schluchzte auf. „Gnädiges Fräulein, wenn Sie

ihn gernhaben, danken Sie Gott, dass es so gekommen ist. Er hat mir eben gesagt, Sie wüssten darum, dass er Morphium, – ja also, es wäre ein langes, furchtbares Hinquälen geworden, ein trostloses Ende. Wir Kollegen verlieren viel mit ihm, er war ebenso vornehm als Mensch wie tüchtig als Chirurg. Am meisten werden ihn unter seinen Patienten die armen Leute vermissen, denen ist er in jeder Hinsicht ein Helfer in der Not gewesen. Und wenn sein Leben früh endet, es ist ein Leben gewesen, voll Segen für andere. Aber für ihn ist es gut so."

Klara weinte jetzt bitterlich, doch die Tränen machten ihr das Herz leichter. Ein guter, tapferer Mensch ging hinüber, – sie wollte ihm den Hingang gönnen, so schwer sie ihn missen würde. Er hatte hier kein Glück mehr zu erwarten.

Der Professor nahm ihre Hand und drückte sie herzlich. „Wenn Sie ihn überreden könnten, das Morphium zu nehmen, er würde weniger leiden."

Als die Ärzte gegangen waren, und sie wieder in das Krankenzimmer trat, wandte Marung ihr hastig das Gesicht zu. Es sah erregt und schmerzverzerrt aus, augenscheinlich litt er sehr, aber er klagte nicht. „Klara, liebe Klara, du musst telegrafieren. Tu es mir zuliebe. Ich kann nicht sterben so, ich muss sie noch einmal sehen. Sie muss es mir selbst sagen, dass sie mir vergeben hat. Klara, tu es mir zuliebe. Es ist meine letzte Bitte. Lorenz soll gleich gehen."

„Ja Hans, ich will es ihm sagen."

Als sie wieder eintrat, schien er ruhiger. „Wie viel ist jetzt die Uhr?"

„Viertel nach 8 Uhr."

Er lag still und schien zu rechnen. „Wenn sie das

Telegramm in einer Stunde hat und gleich fährt, kann sie um 4 Uhr hier sein."

„Ja, Hans."

„Glaubst du, dass sie kommt?"

„Ja, Hans, ich glaube es."

Er lächelte matt. „Du glaubst es nur. Ich weiß es!

„Du solltest Morphium nehmen, die Schmerzen erschöpfen dich."

„Ich will klar bleiben. Wo ist die Schwester? Im Nebenzimmer hängt eine Uhr, die soll sie hier anmachen. Gegenüber dem Bett."

Die Schwester kam und tat es.

„Und gebt mir Kaffee, starken Kaffee, Und wenn mein Herz, schwach wird, Sie wissen Bescheid, Schwester – eine Kampferinjektion. Ich muss aushalten, nur bis heut Nachmittag noch." Er sprach hastig, abgerissen, sein Gesicht rötete sich stark; das Gift, das den ganzen Körper durchsetzte, drang empor zum Gehirn. Das Fieber setzte wieder heftiger ein. Die Schmerzen packten ihn mit solcher Gewalt, dass er begann, mit den Zähnen zu knirschen und zu stöhnen.

„Hans, können wir nichts tun, um die Qual zu lindern? Wenn du doch ..."

Er schüttelte leise den Kopf, das Sprechen wurde ihm zur Pein. Seine Augen hingen an der Uhr und verfolgten das langsame Weiterschieben der Zeiger. Und sooft die Uhr schlug, atmete er tief auf. Wieder eine halbe Stunde gewonnen.

Der Tod stand neben dem Bett und wartete. Er kam als ein Retter, ein Erlöser, sein Antlitz war voll Milde, die Hand, die er nach dem Sterbenden ausstreckte, war eine Freundeshand! Doch der wehrte sich gegen den Freund, den er selbst herbeigesehnt hatte, mit den letzten Kräften. Noch nicht! Noch nicht! Aber das gierige zehrende Fieber wurde Herr, die Besinnung schwand, und dann begann ein wirres, hastiges Stammeln ohne Sinn und Zusammenhang, dazwischen aber klang immer wieder der eine Name: „Irene! Irene!", in Angst, in Sehnsucht, in flehender, verzweifelnder Liebe, dass Klara den Kopf an die Wand und die Zähne in die Lippen presste, so jammerte es sie.

Bisweilen gewann sein Wille den Sieg über die wirren Gedanken, die Augen wurden klar, die Lippen still. Dann gingen die Blicke hinüber zu der Uhr, „noch drei Stunden; noch zwei Stunden; nur noch eine einzige Stunde."

Er sah Klara an und sprach zum letzten Male: „Ich werde es durchhalten. Ich – werd – sie sehen."

„Mein Gott", dachte sie verzweifelt, „was soll werden! Wenn die Zeit um ist, und sie ist nicht da."

Leise trat der Tod neben das Bett, leise nahm er die heißen, müden Hände in seine kühle starre Hand, leise strich er über das zuckende Herz, die klopfenden Schläfen. Da kam Ruhe über den Sterbenden. Der Atem wurde leiser, die schmerzvolle Spannung wich aus den Zügen, – er schlief.

Minute um Minute verging. Es schlug halb vier. Draußen klang die Glocke. Lorenz war in den Keller gegangen, frisches Eis zu holen. Klara glaubte, dass er es sei, und ging leise hinaus. Draußen stand Bernhard Schmidt.

Sie wunderte sich gar nicht. Es schien ihr, als hätte er kommen müssen.

„Es ist gut, dass du da bist." Ganz von selbst kam ihr das Du über die Lippen. Angesichts des Todes spielt man keine Komödie, und sie wussten doch beide, wie sie miteinander standen.

„Ich dachte mir, dass du mich brauchen könntest", antwortete er ebenso.

Zusammen gingen sie hinein.

Hans Marung lag mit einem Lächeln um die Lippen, die edlen Züge sahen heiter, fast verklärt aus; seine Seele ging in seligem Traum auf allen Wegen. Sonnenschein zwischen hohen Haselhecken, goldener, flimmernder Staub in der Luft, ein süßes Duften von Geißblatt und wilden Rosen. Mitten in Licht und Blüten der alte, graue Opferstein. Und auf dem Stein im weißen Brautkleid sitzt Irene, schaut ihm entgegen und lächelt. Die Hand streckt er nach ihr aus, sie ergreift sie, gleitet zu ihm und lehnt sich in seinen Arm. „Komm", sagt sie, und sie gehen zusammen weiter den hellen, duftigen Pfad. Immer reiner wird das Licht, immer leichter ihr Gang, – der Boden weicht zurück, – sie schweben, schweben – Glockenklang kommt durch die Lüfte, wie leicht ihm wird, – wie wohl – wie selig.

Der Hammer der Uhr hebt aus. Vier schlägt es.

Klara beugt sich über das bleiche, lächelnde Antlitz und lauscht. Langsam wendet sie sich um zu Bernhard Schmidt, über ihr Gesicht laufen heiße Tränen.

„Es ist vorbei." Und nach einer Weile. „Arme, liebe Irene."

Sie treten in das Nebenzimmer; leise berichtet sie von den letzten Stunden.

„Du darfst das Irene nie sagen", sagte er.

„Ich habe es ihm versprochen."

„Sie würde es nicht ertragen. Besser sie erfährt nie, warum er sie verlassen hat."

„Wenn du das glaubst, kennst du Irene noch nicht. Sie wird weinen und trauern, aber mit den Tränen wird auch die Bitterkeit aus ihrem Herzen fließen. Sie wird ihn begreifen; das ewige Fragen und Quälen wird aufhören, sie wird endlich innerlich zur Ruhe kommen. Und, – sie ist ein tapferer Mensch – sie wird nicht kleiner sein wollen, als er es gewesen ist. Du sollst sehen, sie wird ihr Leid wandeln in einen Segen für andere."

Morphium und Krieg.

Ein historischer Blick auf den Roman von Sophie Kloerss.

Für die Mecklenburgische Zeitung war es das Jubiläumsgeschenk an ihre Leser. 170 Jahre wurde das Blatt im Jahr 1917. Stolz verkündete eine Neujahrs-Annonce, dass mit „Doch ein Sieger" schon zum zweiten Mal ein Buch von Sophie Kloerss im Vorabdruck auf ihren Seiten zu lesen sein werde. Das dritte Kriegsjahr begann, dabei war doch im August 1914 prophezeit worden, Weihnachten seien alle wieder zu Hause.

Die nationale Euphorie des Augusterlebnisses hatte damals auch die Schriftstellerin Sophie Kloerss erfasst. Die Heldinnen ihres Propagandabuchs „Im heiligen Kampf" ließ sie zur Verkündung der Mobilmachung vor das Berliner Schloss ziehen. Die jungen Frauen gehobenen Stands arbeiten bald darauf im Lazarett. Ihre Träume ordnen sie ganz dem Krieg unter. Die politisch reaktionäre, im Hinblick auf die Emanzipation moderate „Erzählung für junge Mädchen aus dem Weltkrieg" – so der Untertitel – erfuhr in seinem ersten Erscheinungsjahr 1915 sechs Auflagen beim renommierten Jugendbuchverlag Union aus Stuttgart.

Dem vorliegenden Roman war ein ähnlicher Erfolg nicht vergönnt. Als das erste Kapitel erschien, warb die Mecklenburgische Zeitung noch mit der Hoffnung auf den Frieden („... in Ferne die Friedensarbeit winkt"). Vier Monate später traten die USA in den Krieg ein. In deutschen Metropolen hatten sich schon Ende 1916 Hunderttausende zu Hungerdemonstrationen versammelt. Zeitungsberichte darüber verbot die Zensur. Ein Ratgeber für amputierte Soldaten mit dem martialischen Titel „Kriegskrüppelfürsorge" erreichte Ende des zweiten Kriegsjahrs eine Auflage von 100.000 Exemplaren. Derweil schürte die Propaganda Hass auf die Alliierten. Anders als im Zweiten Weltkrieg wurden Verwundung, Leid und Sterben nicht verschwiegen, im Gegenteil: Kriegsausstellungen zeigten Arm- und Beinprothesen und präsentierten in Dioramen Schützengräben, Frontlazarette und Wachsfiguren zerfetzter Soldatenleiber. Eine Liebesgeschichte mit schlechtem Ausgang aber, in der eine Kriegsverletzung das Schicksal eines angesehenen Arztes dauerhaft zum Negativen wendet, war unerwünscht. Als Buch gedruckt wurde Sophie Kloerss' Zeitungsroman erst 107 Jahre später, Sie halten die erste Auflage in der Hand.

Geschrieben und gelesen wurde der Roman im Ersten Weltkrieg. Die Handlung jedoch beginnt auf einem Schlachtfeld 100 Kilometer südwestlich von Paris, im Dezember 1870.

Diese historische Einordnung geht daher auf zwei Epochen ein, auf die Zeit des Ersten Weltkriegs und auf die frühen 1870er Jahre, in denen der Roman spielt. Für die Geschichtswissenschaften ist das Buch von Sophie Kloerss eine spannende Quelle, gerade weil es ungefiltert die Ideologien ihrer Zeit offenbart. Der Deutsch-Französische Krieg lag 1916-17 bei Erscheinen des Fortsetzungsromans keine fünfzig Jahre zurück. In der kurzen Zeit seit der Reichsgründung war aus dem rückständigen Gebilde deutscher

Staaten eine Industrienation geworden. Eisenbahnen waren 1870 schon etabliert, alle zehn Jahre hatte sich die Länge des Schienennetzes seit 1850 verdoppelt. Der Bahnhof, an dem Sophie Kloerss den verwundeten Doktor Marung in Hamburg ankommen lässt, sollte allerdings erst 1872 eröffnet werden. Dass man sich in der alten Zeit bewegt, wird in vielen Details sichtbar: der Pferdebahn, dem Krankentransport mit einem Krankenkorb genanntem Handwagen – und an edlem Schmuck. 1917 war es dagegen in Mode, anstelle von Juwelen Metall-Medaillen mit der Aufschrift „Gold gab ich für Eisen" zu tragen. Deutsche Kolonien gab es noch nicht. Dass Hamburg in den frühen 1870er Jahren dennoch eine Kolonialstadt war, stellt Sophie Kloerss unmissverständlich heraus. Die Familie des sympathischen Egon (Peter) Vermähren war durch Unternehmungen in Südamerika und Westindien reich geworden. „Er erbt mal ein kleines Fürstentum", heißt es über seinen Wohlstand. Den „Insulaner", den Peter aus der Südsee mitgebracht hat, wird der Gesellschaft zum „Nachtisch" vorgeführt und soll sich dann in die Dienerschaft einreihen. Kolonialer Habitus wird mit Stolz präsentiert. Es war der Hamburger Reeder Adolph Woermann, der 1883 die Entsendung von Schutztruppen fordern und die Einrichtung deutscher Kolonien anstoßen sollte, um die Strukturen des Hamburger Handels militärisch zu untermauern.

Doktor Marung arbeitet im großen Krankenhaus der Stadt. Seine Operationen werden gelobt. Tatsächlich war das Hamburger Allgemeine Krankenhaus eine angesehene Klinik. In der Zeit, in der der Roman spielt, hat in St. Georg der Erfinder der Bülau-

Drainage gearbeitet, die bei Verletzungen der Lunge noch heute Leben rettet. Wenig später kam der Internist Heinrich Curschmann an die Klinik. Er forschte über den Typhus, an dem im Roman der getreue Pfleger Lorenz leidet. Die Krankheit, heute unter dem Namen Salmonellen besonders den Genießern von Roheinachtischen bekannt, war während des Ersten Weltkriegs großes Thema. Denn alle drei Monate mussten sich die Soldaten gegen das Bakterium impfen lassen, das unter den hygienischen Bedingungen der militärischen Massenverpflegung viele Opfer fand. Die Diphterie, an der im Roman viele Kinder sterben, und an der auch die weibliche Hauptfigur Irene erkrankt, hatte erst kurz vor dem Ersten Weltkrieg ihren Schrecken verloren. Die bakterielle Infektion ließ den Kehldeckel anschwellen, und vor der Einführung eines Gegenmittels war der beherzte Luftröhrenschnitt oftmals die einzige Rettung vor dem Ersticken. Doktor Marung operiert mit ruhiger Hand, sobald das Morphium seine Aufregung gebändigt hat. Der Tod von Kindern spielt in den Werken von Sophie Kloerss oft eine Rolle. Sie selbst verlor vier ihrer neun Kinder. Das Deutschland der Kaiserzeit war das Land mit der höchsten Säuglingssterblichkeit in Europa, denn bis zu Beginn der Weimarer Republik existierten weder Mutterschutz noch eine verpflichtende Krankenversicherung für Kinder.

Das tragische Motiv des Romans, die Morphiumsucht, trat erst Mitte der 1870er Jahre in das Bewusstsein der Mediziner. Die Anwendung der kristallklaren, aus Opium destillierten Flüssigkeit war zunächst Ärzten vorbehalten gewesen, denn die Substanz musste ins Blut der Patienten gelangen. Ab 1860 kamen neu entwickelte Spritzen auf den Markt, die das Suchen und Stauen von Venen überflüssig machten. Mit wenig Übung konnte sich nun jeder das Morphium selbst unter die Haut spritzen.

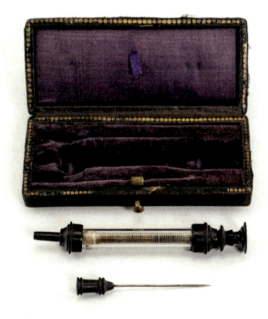

Deutsches Medizinhistorisches Museum, Ingolstadt.
Foto: Hubert Klotzek

Erst die Technik der Unter-die-Haut-Injektion machte Morphium allgemein verfügbar. Dieses Spritzen-Set in edlem Etui befindet sich im Deutschen Medizinhistorischen Museum in Ingolstadt. Es entspricht der Beschreibung im Roman.

In dem als „Einigungskrieg" glorifizierten 1870-71er Krieg gestaltete sich der hunderttausendfache Tod auf den Schlachtfeldern und in den Frontlazaretten anderes als in den Kriegen zuvor. Morphium wurde als ein wunderbares Medikament wahrgenommen. Es wirkte schnell, nahm die Schmerzen und gab den Sterbenden Zuversicht.

Es war Eduard Levinstein, der Direktor eines Sanatoriums in Schöneberg bei Berlin, der ab 1873 auf medizinischen Kongressen auf die neue Sucht aufmerksam machte. Die Entzugserscheinungen glichen denen von Alkoholikern: Zittern, Angst, Halluzinationen. Doch anders als bei der Trunksucht verhielten sich die Konsumenten unter der Wirkung des Morphins weit weniger auffällig. Ihre Opfer fände die neue Sucht „fast nur in den höheren und gebildeten Kreisen der Gesellschaft". Den Teufelskreis der Morphinisten schilderte Levinstein im Oktober 1875 eindrucksvoll den Mitgliedern der Berliner Medizinischen Gesellschaft:

„Bald ist das Morphium denen, die sich dasselbe häufiger injizieren, unentbehrlich, da sie durch seinen Gebrauch jede physische und somatische Unbequemlichkeit verscheuchen können, und so greifen sie zum Morphium wie der Säufer zur Schnapsflasche. Sie betäuben ihren Unmut, ihren häuslichen Ärger, ihre geschäftlichen Unannehmlichkeiten; sie machen wie der Alkoholist sich durch seinen Morgenschnaps, ihre zitternden Glieder durch Morphium wieder fest, und wenn das Morphium aus dem Körper ausgeschieden und der darauf folgende Depressionszustand, verbunden mit den körperlichen Unbehaglichkeiten, wie sie der alkoholische Katzenjammer mit sich führt, sie ihre traurige Lage, die Trostlosigkeit derselben und ihr geistig und körperlich verrücktes Leben übersehen lässt, hilft die erneute Zufuhr dieses Giftes ihnen über ihr nur zum Teil selbst geschaffenes Elend hinweg. – Aber immer kürzer und kürzer werden die freien Intervalle, in denen sie ohne Morphium ein erträgliches Dasein führen, immer mehr verlangen sie nach Morphium, immer enger schnürt sich der circulus viriosus um sie zusammen, bis sie widerstandsunfähig, ganz gebrochen sind."

Wie verbreitet der Morphinismus vor dem Ersten Weltkrieg gerade unter Ärzten war, lässt ein Blick in die Anzeigenseiten alter medizinischer Fachzeitschriften erahnen. Sie waren voller Annoncen für Sanatorien, die mit erfolgreichen Entziehungskuren warben.

Die im Roman von Sophie Kloerss beschriebene Karriere vom Schmerzmittelgebrauch in die Sucht ist bis heute der häufigste Weg in die Opiat-Abhängigkeit. Der Roman schildert den Arzt Marung als Helden, der seinem Schicksal kaum ausweichen kann. Sein durch den Gründerkrach (die Aktienkrise des Jahres 1873 hatte viele Spekulanten in den Bankrott getrieben) in Schwierigkeiten geratener Vater, medizinische Notfälle und heroische Operationen stellen sich seinem Genesungswillen in den Weg.

Den späten Wendepunkt des Romans bildet Marungs radikaler Entschluss, die Verlobung mit der geliebten Irene zu lösen:

„Da durchfuhr ihn ein Gedanke, plötzlich, wie von fremder Hand in seine Seele geschleudert: „Und wenn ein anderer zahlen müsste für euer Glück? Wenn einmal dein Sohn dich verwünschen würde, weil ein kranker Vater ihm das Leben gegeben?" Eisigkalt legte es sich auf sein stürmendes Empfinden. Vor seinem geistigen Auge sah er die armen, kranken Geschöpfchen, deren Väter Trunkenbolde, deren Mütter morphiumsüchtig waren. Diese schwachen, zarten Wesen mit den nervösen, zuckenden Bewegungen, der blutleeren Haut, den weißen Gesichtern, aus denen die übergroßen Augen so schwermütig in die Welt schauten! „Warum habt ihr uns in das Leben gerufen?"

Was die Schriftstellerin Sophie Kloerss als Eingebung aus dem Nichts schilderte, war ein sich ab 1900 verfestigender und spätestens in den 1920er Jahren tonangebender Diskurs ihrer Zeit: Die Eugenik. Der griechische Begriff bedeutet übersetzt „gut geboren". Er prägte die Angst vor der Degeneration, dem Niedergang durch schlechtes Erbgut. In Marungs Denkfigur mischte die Verfasserin Motive aus Aufklärungs-Kampagnen, die unter dem sperrigen Titel „Ehehygiene" firmierten: Die Syphilis, jene sexuell übertragbare Krankheit, an der um 1900 ein Drittel der männlichen Insassen Deutscher Irranstalten litt, war zentraler Gegenstand öffentlicher Gesundheitsaufklärung. In Hamburg und vielen weiteren Großstädten wurden Jugendliche durch Ausstellungen gejagt, in denen sie Wachsnachbildungen betroffener Geschlechtsorgane betrachten mussten. Bald kam das Kino als Verbreiter gesundheitlicher

Belehrung hinzu. Vorführungen, die im Vorprogramm Aufklärungsfilme zeigten, waren von der Vergnügungssteuer befreit. Das Ziel war, die Ehe von Geschlechtskranken zu verhindern, denn die Infektion konnte an die Säuglinge weitergegeben werden. Verfechter der Eugenik hingegen konzentrierten sich auf Erbkrankheiten.

So bekannt die Folgen mütterlichen Alkoholkonsums in der Schwangerschaft sind, so befremdlich mutet heute die Vorstellung an, eine vom Vater konsumierte Droge rufe Erbkrankheiten hervor. In den 1920er Jahren aber beherrschten solche Theorien die Wissenschaft. Die Rassenkundlerin Agnes Bluhm fütterte hunderte Mäuseriche mit Alkohol, um die schädliche Vererbung auf die nächste Generation in Tierversuchen nachzuweisen. Im Nationalsozialismus gehörten auch Alkoholkranke zu den 400.000 Menschen, die zwischen 1934 und 1945 zwangsweise sterilisiert wurden.

Als Sophie Kloerss ihren Fortsetzungsroman konzipierte, forderten Eugeniker bereits ein striktes Eheverbot für Morphinisten. Heute wissen wir, dass gerade nicht Isolation, Tabuisierung und gesellschaftlicher Rückzug, sondern der offene Umgang mit der Abhängigkeit und die Unterstützung durch Freude und Angehörige den Weg aus der Sucht ebnen.

Der Roman von 1917 zeichnet die Wirkung des Rauschgifts auf Doktor Marung als Schwächung seiner Konstitution. Aus eugenischen Erwägungen, hervorgerufen durch die Vorstellung, einen kranken Sohn zeugen zu können, verzichtet er auf die Ehe mit Irene, rettet ihre großbürgerliche Existenz und bewahrt sie vor dem Niedergang. Die Vernunft des Arztes siegt über Zuneigung und Liebe, lautet die ebenso fragwürdige wie grausame Moral des Romans.

Philipp Osten leitet das
Medizinhistorische Museum Hamburg
und das
Institut für Geschichte und Ethik der Medizin am UKE.